邻家诗话

第一季

方锦龙　牛魔　方颂评　著

人民邮电出版社

北京

图书在版编目（CIP）数据

邻家诗话. 第一季 / 方锦龙，牛魔，方颂评著. --
北京：人民邮电出版社，2021.8
ISBN 978-7-115-56900-4

Ⅰ. ①邻… Ⅱ. ①方… ②牛… ③方… Ⅲ. ①诗集－
中国－当代 Ⅳ. ①I227

中国版本图书馆CIP数据核字(2021)第133172号

内 容 提 要

本书是首档"诗歌实景雅集"文化综艺节目《邻家诗话》的同名图书。

翻开这本书，你将插上文学和音乐的翅膀，让思绪回到诗词诞生的场景中——在开元盛世的扬州，你会见到离家千里、万金散尽又生病的李白，歌一曲"低头思故乡"；在北宋西北的边塞，你会听到人过半百、依旧守卫孤城的范仲淹，叹一声"将军白发征夫泪"；在大唐渭城的春雨里，你会遇见折柳相送、依依惜别的王维与元二，弹一首"西出阳关无故人"……

本书以娓娓道来的故事、声声入耳的旋律，带你亲近诗词中的美好情感，让"诗"如"话"，触手可及，温暖人心。

本书适合对诗词、传统文化感兴趣的大众，尤其是青少年阅读。

◆ 著   方锦龙 牛 魔 方颂评
　　责任编辑 董 越
　　责任印制 陈 犇

◆ 人民邮电出版社出版发行   北京市丰台区成寿寺路 11 号
　　邮编 100164   电子邮件 315@ptpress.com.cn
　　网址 https://www.ptpress.com.cn
　　北京瑞禾彩色印刷有限公司印刷

◆ 开本：690×970 1/16
　　印张：12   2021 年 8 月第 1 版
　　字数：285 千字   2021 年 8 月北京第 1 次印刷

定价：79.80 元

读者服务热线：(010)81055296　印装质量热线：(010)81055316
反盗版热线：(010)81055315
广告经营许可证：京东市监广登字 20170147 号

当我们着手打造了这样一档诗歌实景雅集节目时,常常会被问:"为什么要做《邻家诗话》?"

这个问题当然也可以简单地回答,但面对睿智、聪慧的朋友,我总是忍不住微微一笑,然后很诚恳地反问三个问题:什么是诗?中国有多少首诗?我们拥有某首诗吗?

第一个问题,什么是诗?

"诗"的解释见仁见智,但请允许我引用一种相对个人、却又忠于原味的说法:诗,是思维中的一个火花,是一瞬间的心动;诗,是因情感而生的韵律,也是表达感情的高级方法之一。

诗者,志之所之也。在心为志,发言为诗。情动于中而形于言,言之不足,故嗟叹之;嗟叹之不足,故咏歌之;咏歌之不足,不知手之舞之、足之蹈之也。——《毛诗序》

第二个问题，中国有多少首诗？

我常常引用《全唐诗》四万八千九百余首或《全宋词》两万首的说法，但其实中国的诗歌作品之多，远远超乎我们想象。从五代与大唐的五万多首诗开始算，宋人创作的诗有二十七万首以上，元代十二万首以上，明代则超过了五十万首，清代更是诗歌总量近千万首。但人一辈子两万多天，真能背诵如此之多的诗词吗？

第三个问题，我们拥有某首诗吗？

我们都会背诵"举头望明月，低头思故乡"，但只有认识了二十六岁、病倒在扬州的李白，只有当我们的生命体验与思乡关联起来的时候，我们才算读懂了、拥有了《静夜思》。我们做《邻家诗话》节目的初衷，就是想在古典文学和当代生活之间建起一座桥梁、一条直达情感深处的路径，让更多的人有机会拥有更多的诗。

在这本书中，我们把十二首诗都尽可能丰富地呈现。

我们不仅保留了节目中丰富的传统文化元素，把备受喜爱的"书"和"画"放到书中以飨读者；而且在"诗"和"乐"的部分，做了大量深度的拓展和补充。对于乐器与时代、乐器与诗词情感之间的关系，都展开了深入的解读，并附上乐谱。可以说，我们把很多未在节目中展现的内容，放到了这本书里。

在这本书中，每一首诗都是一个直击人心的故事。

为了让更多的人能亲近诗词、爱上诗歌，我们将"回到那时"的内容故事化、文学化，多篇大胆采用了第一人称的视角，尽可能带读者回到诗词诞生的场景中，去贴近诗人当时的经历和情绪，把诗词背后温暖、向上的情感和力量传递给你。读完这本书，你会更加懂得亲情、友情，也更加珍惜生活中的美好。

在这本书中，我们不给"结论"，而是提供"过程"。

这里没有居高临下的论断——我们不需要在意：两首诗怎么论高下？同一风格的诗人谁更伟大？我们只是把你的思绪带到楚汉争霸的垓下、宋神宗年间的黄州，让你见一见神勇的西楚霸王、会一会旷达的东坡居士。至于结论，自在你心中。

我们这本书中所选的，都是流传千古、脍炙人口的诗词名篇，它们体现了汉字的精妙，传承了中华民族的智慧和精神，其中大多数都被选入了中小学语文课本。因此，这本诗词普及读物适合大众，尤其是青少年阅读。翻开这本书时，你也可以打开"腾讯视频"或"QQ音乐"，搜索"邻家诗话"，看看诵出来、唱出来的诗词又是什么样的，从不同角度感受诗乐之美。

考虑到这是一本诗词普及书，我们在可读性和知识性之间做了一些平衡。这些诗词故事，是用文学演绎还原当时历史可能性的一次尝试，目的是让读者有身临其境之感，能够更直接地体会诗词中的情绪。为了还原故事中的历史细节，我们也翻阅了大量史料，几经校订，并邀请历史学者于赓哲教授进行审定，才将本书以现在的样貌呈现给大家。我们深知，即便抱有十分的敬畏和小心，仍不免有疏漏之处，恳请不吝赐教，也感谢朋友们的包容。

朋友，感谢你翻开《邻家诗话》！欢迎你加入我们，走近"了解诗、感受诗、拥有诗"的美好生活。

牛觉

2021 辛丑初夏

执着的追求 水边的生命力

读先秦佚名

——《秦风·蒹葭》

秦风 蒹葭

先秦 佚名

蒹葭苍苍 白露为霜
所谓伊人 在水一方
溯洄从之 道阻且长
溯游从之 宛在水中央

蒹葭萋萋 白露未晞
所谓伊人 在水之湄
溯洄从之 道阻且跻
溯游从之 宛在水中坻

蒹葭采采 白露未已
所谓伊人 在水之涘
溯洄从之 道阻且右
溯游从之 宛在水中沚

"蒹葭苍苍，白露为霜。所谓伊人，在水一方。"

蒹葭，是水边最常见的植物。它生于春，盛于夏，在秋天结出芦花与荻花，形成一片茫茫的胜景。

古往今来，人们传诵着《诗经》中一首关于蒹葭的诗词，也怀想着诗中那个若隐若现的"伊人"。

在《毛诗序》与郑笺里，她也许是巩固国家的周礼；在后世的分析中，她可能是勤政廉洁的贤臣；在很多现代学者笔下，她又变成美好的爱情。

"伊人"到底指什么？如果"伊人"是一种艺术的想象，那么，伊人当然可以是礼乐、贤臣、功业、朋友、爱人，甚至理想。因此，《蒹葭》传唱着一个民族的各种美好追求，也传唱着中华民族从先秦传承而来的旺盛生命力。

秦人，靠着顽强不屈的战斗精神，从远离中原的一个弱小部族，成长为强大的"战国七雄"，最终一统天下。

只要真的认识了"蒹葭"，就会明白《蒹葭》这首诗所象征的美好与追求——"水"可以是各种阻碍和困难，"伊人"可以是不同的理想和目标。无论怎样解读，都充满了"道路是曲折的，前途是光明的"那样积极、向上的力量。

回到那时

01

公元前 771 年，犬戎攻入西周都城镐京。

王室卫队毫无战斗力，一触即溃。那犬戎乃"豺狼之性"，勇悍善战，暴烈残忍。各地诸侯援军终于来了，其中有一人，带长剑，挟秦弓，率领骑兵千里驰援，杀入都城，全力救周，并将刚刚拥立的周平王一路护送，东迁洛邑。

这个人就是秦襄公。

此举乃大功，周平王为表感谢，将其封侯，但封的地，却是已被犬戎占领的岐山以西："只要能打下来，这就是你秦国的领地。"

即便如此，反对声还是接踵而至。

"西边养马的家奴，何时也能与我们平起平坐了？"

"秦与戎同俗，有虎狼之心，不识礼义德行，怎可封侯？"

……

他默默攥紧拳头：我们在西陲与戎人血战厮杀，没想到却被这般

看待？

还好，营救功大，谗言未进。

侯已封，他扬鞭策马，率领骑兵驰骋于岐山脚下。秋日，芦苇飘荡，

甚是壮美。看着眼前的广阔土地，他下定决心：一定要在这里开辟出

一片疆土，好好生存下去！

02

公元前 655 年，冬。

天还未亮。

秦穆公立于城头，寒风拂起了他的衣襟，让他不禁打了个寒颤。虽然他刚刚迎娶了晋献公的女儿穆姬，与晋国结为姻亲，但是他很清楚，秦国依旧根基未稳。唯有招贤纳士，才能有机会成就一方霸业。

天已经蒙蒙亮了，秦穆公向前走了几步。现今秦国求贤若渴，大夫公孙枝举荐一人，名叫百里奚，听说是位不可多得的人才。他从晋国陪嫁到秦国，又从秦国逃到了楚国。秦穆公本想重金将他赎回，但若如此大张旗鼓，楚成王必定警觉，只怕不肯放人。于是只好派使者到楚国，佯说有个奴隶逃跑了，愿用五张羊皮换回去。要是这招顺利的话，今天早晨他们就该回来了。

太阳已经升起来了。

远处似乎摇曳着几个小小的身影，队伍里隐约有个微微伛偻的身影。

看来，百里奚接回来了！

贤人来，秦国强盛有望也！

03

公元前 623 年，一面金鼓送至秦国。

这是周襄王特意派人送来的，以贺秦国"益国十二，开地千里"，在西戎一带称霸。经历了多年的征战，周平王的口头承诺终于在几代秦人的努力下实现了！今日，占据西周故地，秦国总算是站稳了脚跟。欢宴之时，秦穆公却一人踱步至河岸。

月光似水，将茂盛的芦苇丛铺满，他却无心观赏，脑子里回响的尽是世人对秦国"不通礼仪"的评辞，说他们只会武力、不懂文化。

恍惚间，穆公似乎看到远处的芦苇荡中有一人，身着薄衣，四处寻觅。他时而静立，时而徘徊，时而翘首眺望，时而蹙眉沉思。一会儿逆流而上去追寻，道路艰险又漫长，他却毫不畏惧；一会儿顺流而下去寻找，尽管相距不远，但眼前秋水茫茫，思之可及，行之不易，只能隐约看到伊人的身影在水中央晃动。从天还未亮，到蒙蒙微光，再到旭日东升，他始终在寻觅。

秋风飒飒，芦苇迎风而舞，秦穆公转身迈步，脚步坚定。

纵使前路茫茫、道阻且长，只要志之所向、行之所往，又有何惧呢？

字斟句酌

秦风·蒹葭

先秦 佚名

蒹葭苍苍，白露为霜。

所谓伊人，在水一方。

溯洄从之，道阻且长。

溯游从之，宛在水中央。

蒹葭萋萋，白露未晞。

所谓伊人，在水之湄。

溯洄从之，道阻且跻。

溯游从之，宛在水中坻。

蒹葭采采，白露未已。

所谓伊人，在水之涘。

溯洄从之，道阻且右。

溯游从之，宛在水中沚。

蒹葭

蒹葭就是芦苇和荻。《诗经》中非常重要的艺术表现手法叫"赋比兴"。"赋"是直陈一个事物的状貌，"比"是以一物去比喻他物，而"兴"就是以眼睛所见的事物去生发内心的情感和意志。在这首诗中，蒹葭的作用是起"兴"——看到蒹葭这种朦胧而美好的事物，想到了心中的"伊人"。

白露

本诗创作的时代还没有"二十四节气"之说，因此诗中的"白露"并非节气名称，而是指秋天的到来。

为霜 未晞 未已

描述了白露的不同样貌，巧妙地表达了时间的推移："白露为霜"，白露还是凝结的固体，天还未亮；"白露未晞"，白露还没完全干，天已经蒙蒙亮了；"白露未已"，白露几乎都消失了，太阳已经完全升起来了。

苍苍 萋萋 采采

在一天比一天更寒冷的秋天，蒹葭这种水边的植物却蓬勃生长，为萧瑟的秋天带来一片蓬勃生机。通过"苍苍""萋萋""采采"这三个叠词的使用，呈现出大片蒹葭繁茂生长的胜景，体现了蒹葭顽强的生命力。

长 跻 右

"长"，指道路漫长；"跻"，意为上升，指这条道路需要不断向上攀爬；"右"，意为迂回，指道路曲折、不能直接抵达。
追寻者知道这条路上充满了各种艰难险阻，却依然追寻着心中的"伊人"，这体现了追寻者一种不懈的坚持。

水中央 水中坻 水中沚

"坻"和"沚"，都是指水中的沙滩。诗中地点的转换，体现出诗人与自己想要追寻的事物之间始终有一段距离——"伊人"似乎就在眼前，却又触不可及。虽然诗人不断地变换角度，却始终无法清楚地看到她、触碰她。

缶（fǒu）

原本是古代的一种陶器，类似瓦罐，用以盛水或酒。秦人以缶为乐器，常在饮宴酒酣之时，一边敲着瓦缶打拍子，一边高声吟唱。

秦人善于征战，以"坚甲利兵"的形象闻名，内在性格刚猛强悍。而缶的音色浑厚，演奏起来慷慨壮烈，与秦人粗犷尚武的气质十分相符。因此缶这个乐器虽然也在其他地方出现过，但最终与秦地、秦人的关系是最密切的。

这首歌曲中，贯穿了以缶为主的中国打击乐的元素，再现了秦地、秦人的风貌。

执着的追求　水边的生命力　　　　读先秦佚名《秦风·蒹葭》

秦人击缶

关于秦人击缶，历史上有一个著名的故事——渑池之会。

根据《史记》的记载，当时秦国出兵攻打赵国，战事不顺，秦王遂提出与赵王在西河外的渑池相见，蔺相如陪同赵王赴约。叙谈饮酒时，秦王对赵王说："听说你喜欢音乐，那就鼓瑟一曲给我们听听吧！"赵王不敢推辞，只得照做。蔺相如针锋相对，走到秦王面前说，"赵王听说秦王擅长秦地的乐器，请允许我献上一只缶，请您也击缶为大家助兴吧！"

这个故事，也可以旁证缶作为秦地标志性乐器的地位。

《秦风·蒹葭》

〔先秦〕佚 名 词
方颂评 曲

1=E 4/4

蒹葭苍苍，白露为霜。所谓伊人，在水一方。溯洄从之，道阻且长。

溯游从之，宛在水中央。蒹葭萋萋，白露未晞。所谓伊人，在水之湄。

溯洄从之，道阻且跻。溯游从之，宛在水中坻。蒹葭采采，

白露未已。所谓伊人，在水之涘。溯洄从

之，道阻且右。溯游从之，宛在水中沚。

无衣

先秦　佚名

岂曰无衣？与子同袍。王于兴师，修我戈矛。与子同仇！

岂曰无衣？与子同泽。王于兴师，修我矛戟。与子偕作！

岂曰无衣？与子同裳。王于兴师，修我甲兵。与子偕行！

霸王的悲歌
虞姬的深情

——读项羽《垓下歌》

——虞姬《和项王歌》

垓下歌 项羽

力拔山兮气盖世
时不利兮骓不逝
骓不逝兮可奈何
虞兮虞兮奈若何

和项王歌 虞姬

汉兵已略地
四方楚歌声
大王意气尽
贱妾何聊生

项王军壁垓下，兵少食尽，汉军及诸侯兵围之数重。夜闻汉军四面皆楚歌，项王乃大惊曰："汉皆已得楚乎？是何楚人之多也！"项王则夜起，饮帐中。有美人名虞，常幸从；骏马名骓，常骑之。于是项王乃悲歌慷慨，自为诗曰："力拔山兮气盖世，时不利兮骓不逝。骓不逝兮可奈何，虞兮虞兮奈若何！"歌数阕，美人和之。项王泣数行下，左右皆泣，莫能仰视。

——《史记·项羽本纪》（节选）

项羽是二十四史中唯一不是帝王、却能拥有帝王专属本纪的人物，这足以说明他在浩瀚的历史长卷中留下了怎样浓墨重彩的一笔。

这首《垓下歌》，流露出项羽千古无二的豪气和盖世无双的深情。在他真情流露的时候，名叫"虞"的美人正相伴身边。在传说与戏文中，虞姬为了不让项羽有所挂碍，拔剑自刎。

个体的生命，再强大也是脆弱和短暂的，但史书会记录功业，爱更可以在所有人的记忆中长存。从汉代有所记述到如今，《垓下歌》与《和项王歌》这两首诗，真的应该"在一起"。

回到那时

01

公元前 210 年，秦始皇第五次巡游。巡游的队伍从咸阳出武关，南下云梦、九疑，又沿长江而下，取道丹阳，渡过钱塘江，来到了会稽。

"听说啊，今天始皇帝要登会稽山，祭祀大禹哩！"一大早，路上就密密麻麻地挤满了人。"都巡游过四回了吧，这始皇帝的声势就是不一样啊！听我兄长说，上次始皇帝去泰山的时候，那树碑刻石的队伍可长得看不到头呐！"人们窃窃私语，眼神中满是好奇和惧怕。

我十分不屑。六年前，若不是我祖父东撤时大意了，让王翦趁虚而入、攻下楚国，今时今日还有什么"始皇帝"？

"快看！那边儿，来了，来了！"只听人群中一阵骚动，一支浩浩荡荡的队伍出现在驰道尽头，黑色的军旗迎风飘扬。远远望去，队伍中间有两辆六匹马所拉的车辇，装饰格外华贵，想必是始皇帝的御驾了。

一股热血冲上头顶。"彼可取而代也！"我脱口而出。

一只大手伸过来，迅速地捂上了我的嘴巴。"不要胡说！要灭族的！"

说话的是我叔父，项梁。

我不以为然。从小我就常惹叔父生气，也不是一天两天了。他要我读书，我觉得认识几个字不过能记人姓名而已，不肯学；他教我舞剑，我觉得再好的剑法也不过能敌一人而已，还不肯学。

"要学，就学能敌万人的本事！"我说出了内心深处的志向。

叔父的眼中，闪过一道不易察觉的光芒。"那——我们就从学习兵法开始吧！"

02

公元前 208 年，巨鹿。

时间仅过去了两年，天下却已大变。始皇帝暴毙于巡游途中，陈胜、吴广揭竿而起，六国贵族纷纷起兵。乱世出英雄，属于我的时代到了！

这一年，叔父败于秦将章邯，战死定陶。章邯顺势北上，引兵入赵，迅速渡黄河、攻邯郸，将赵国主力困在巨鹿，一场大战一触即发。

我奉楚怀王之命，与宋义一起驰援赵国。巨鹿之围十万火急，但是这个主帅宋义，在安阳一停就是四十六天，还说这是什么策略！各路诸侯军也按兵不动、作壁上观，真是急煞我了！

一怒之下，我斩杀了畏惧不前的宋义，又派两万精锐先行渡河。

此时，和秦军的几十万兵力相比，我军实在将寡兵微。

豁出去了！先遣部队站稳脚跟后，我旋即带领剩余主力渡河。这一仗，只能成功，不能失败！只能前进，不能后退！

"将士们听命——把船都凿沉！把锅都砸掉！每人只带三日粮草，随我攻下巨鹿！"

这一仗，打得惊天动地。九战九胜，大破秦军。

这一仗之后，诸侯将领进入我军营大门的时候无不跪着前进、没人敢抬头看我的眼睛！

03

公元前 202 年，垓下。

正值隆冬，寒风凛冽。我走出帐中，看到将士们衣衫单薄、面黄肌瘦。粮道被汉军切断多日，将士们在这样寒冷的天气里，已经多日未吃上一口饱饭了。

我深深地叹了一口气。西楚霸王七十余战、无一败绩的荣光尤在眼前，怎么就落到了眼前这般田地？

就在三年前，我还率领三万精兵击溃五十六万联军，一举夺回国都彭城。要不是那场突如其来的沙暴，刘邦就算长了翅膀也逃不出我的包围圈。可转眼之间，刘邦就撕毁了以鸿沟为界的停战协定，突然对撤退的楚军展开攻击，还以加官进爵为诺，策反了彭越、周殷、英布……

多路大军从西、北、西南、东北四面，将楚军合围。寒冬之际，粮草缺乏，补给不力，无奈之下，我只得率部向垓下撤退。

天色渐暗，北风越吹越烈，宛如呜咽之声。

我的心，越来越沉了。

04

连日作战的疲劳和饥寒的困倦，气势汹汹地向我袭来。半梦半醒间，我恍惚看到两军对垒，酣战间忽然有楚国的歌声飘过来，这声音隐隐绰绰，好像听得真切，又好像飘在云端似的。

"大王……不好啦！"

我猛地惊醒，只见一个士兵气喘吁吁地闯入帐中，一副魂不守舍的样子。

我步出帘帐，刚才那梦中的声音，就真真切切地回荡在山谷里。

有多久没听过这楚地的乡音之曲了？悠扬又哀伤，仿佛每一个音符都带着家乡草木的清香，召唤着想要回归故里的魂魄。歌声好似从四面八方传来，直往人的骨头缝里钻。

那一刻，我听到了心里某个地方，轰然倒塌的声音。

从举兵反秦到楚汉争雄，这么多年了，我西楚霸王何尝一败？时至今日，不是刘邦败我，不是张良败我，分明就是上天要败我啊！既然命运弄人，时运不济，我活着还有什么意义呢？可是……我的爱人、我的战马，又该怎么办呢？

我拿起酒壶，一口烈酒顺着喉管冲入血管，满腔悲愤破口而出："力拔山兮气盖世，时不利兮骓不逝。骓不逝兮可奈何，虞兮虞兮奈若何！"

虞姬闻声而出，从她的眼里，我看到了决绝。

"我为大王再舞一曲吧！"只听她边跳边唱："汉兵已略地，四方楚歌声。大王意气尽，贱妾何聊生！"

舞毕，她自刎倒在了我的怀里。

05

乌江畔。

汉军一路狂追。突围的八百将士误入沼泽，只剩下我和最后的二十八个人。

退到乌江，再无可退。

正当此时，江面飘来一叶扁舟，乌江亭长隔水大呼："请大王立即随我渡江，江东父老，拥您为王！"

我怔住了，仿佛大梦初醒。想当年江东起兵，一呼百应；现如今，随我起事的江东子弟，竟无一人生还，我还有何颜面再见江东父老！

"我这匹宝马所向无敌、日行千里，赐给您吧！"

言毕，我跃下马，冲入汉军……

从此，这世上再无项羽。

字斟句酌

垓下歌

秦末汉初 项羽

力拔山兮气盖世，时不利兮骓不逝。

骓不逝兮可奈何，虞兮虞兮奈若何！

和项王歌

秦末汉初 虞姬

汉兵已略地，四方楚歌声。

大王意气尽，贱妾何聊生！

垓下	垓下位于现在的安徽省灵璧县，距离项羽的故乡——下相，即现在的江苏省宿迁市只有一百多公里。在这里，项羽遭遇了"垓下之围"。项羽此前七十余战，未尝一败，垓下只是第一败，便败到彻底灭亡，令人扼腕叹息。
力拔山兮	这是对项羽"力能扛（gāng）鼎"的描述。"扛"是多音字，表示"用肩膀抬"的时候念 káng，表示"用手抬"的时候念 gāng。一般人用肩膀更容易抬起重物，但项羽仅用手就能把鼎举起来，可见力气之大，难怪古人说"古今无双，项王神勇"。
骓	毛色相间的马叫"骓"，而项羽这匹马全身通黑，只有四只蹄子洁白如雪——这叫踏雪乌骓，属于神品骏马。据说乌骓所向无敌，曾经日行千里。令人唏嘘的是，据传乌骓最终没有独活，而是跃入乌江殉主。
虞	关于虞姬的身份，历史并无记载。"姬"是古代对美女的称呼，《史记》明确说她名虞，但没有提及她的姓氏和家承。在民间传说中，她是宿迁市沭阳县人。 在人生的最后时刻，虞姬为了项羽能够不顾忌自己、杀出重围，甘愿一死。她的墓在灵璧，墓碑上有"巾帼千秋"四个字。 传说虞姬自刎的血洒落在地上，长出了一种花，花朵轻盈多彩，花瓣质薄如绫、光洁似绸，虽无风亦似自摇，风动时更是飘然欲飞，后人把这种花称作"虞美人"。
奈何 若	奈何，意为怎么办、怎样。若，意为你，这里指虞姬。乌骓马他不往前走了，我该怎么办呢？虞姬啊虞姬，我又该拿你怎么办呢？

和项王歌

和（hè），意为唱和、和答；《和项王歌》就是虞姬唱和、和答项羽的《垓下歌》而做的诗歌。此诗由唐代张守节《史记正义》自《楚汉春秋》中加以引录，并流传至今。

聊生

赖以维持生活（多用于否定），此处指"勉强而活，苟且偷生"。大王你的气概和意志已经消磨殆尽，我还苟且活着做什么呢！

埙（xūn）

中国最古老的吹奏乐器之一，距今已有七千年的历史。最早的埙由岩石制成，比较坚硬，其上钻孔，起源于古代的狩猎工具。

作为乐器的埙，常由陶土烧制而成，也有用石、骨、象牙制成的。大小如鹅蛋或鸡蛋，顶部稍尖，底平，中空，有球形或椭圆形等多种。顶上有吹口，前面有三、四或五孔，后面有二孔，古今各异。埙的音色朴拙抱素、独为天籁，在世界原始艺术史中占有重要的地位。

埙与《垓下歌》《和项王歌》

埙可以模拟自然界的声音来吸引飞禽走兽，而渺渺风声、呜咽哀戚的感觉也非常符合项羽英雄末路的心境。

八千江东子弟，在粮草殆尽的饥饿、以寡敌众的疲惫、骨肉分离的绝望之时，精神已到极限。忽然，冷月疏星下，飘来楚地的家乡之曲，旋律如泣如诉，苍凉空旷，令楚兵无心恋战，心理防线彻底崩溃。虞姬唱"大王意气尽"，也指出项羽从未落败到这种地步，四面楚歌让他彻底丧失了再战的意志。

《十面埋伏》与《霸王卸甲》

与这段历史相关的，还有两首著名的琵琶曲——《十面埋伏》是讲刘邦的，《霸王卸甲》是讲项羽的。这两首曲子都是琵琶传统大套武曲的代表作品。

《十面埋伏》着重展现刘邦大军的威武气势和双方酣战的激烈过程，给人以紧张激昂之感。其间模仿战车的铁轳辘滚动的辚辚声，描述士兵背负着沉重的矛和盾行军的形象，正所谓"车错毂兮短兵接"，极富画面感。特别是在"鸡鸣山小战"这一段，刀枪剑戟的碰撞声尤为激烈，短兵相接的金器之音、战马的嘶鸣、将士的嘈杂呼喝，都历历在耳。

《霸王卸甲》则充满了英雄末路的苍凉，宛如黑云摧城，酝酿着无限悲怆和压抑。霸王出场时，音律浓墨重彩地表现其英雄气概；中间部分如泣如诉，表现虞姬的细腻柔婉；还有乌骓马，骁勇善战，忠贞不屈，性情刚烈，生动的形象跃然眼前。

《垓下歌》《和项王歌》

〔秦末汉初〕项羽/虞姬 词
方颂评 曲

1=E 4/4

6̣ 6̣ 3 3 - | 1 2̂1 6̣ - | 2̣ 2̣ 2̣ 1 1 - | 5̣ 1 6̣ - |

力拔山兮 气盖世。 时不利兮 骓不逝。

6̣ 1 1 6̣ 3 - | 3 2 3 - | 5 6 3 5 2 - | 5̣ 1 6̣ - |

骓不逝兮 可奈何! 虞兮虞兮 奈若何!

6 6 6 5 1 6 - | 6 5 3 5 2 3 - | 2 2 2 1 3 2 - | 2 1 6 5 6̣ - |

汉兵已略 地, 四方楚歌声。 大王意气尽, 贱妾何聊生!

6 6 6 5 1 6 - | 6 5 3 5 2 3 - | 2 2 2 1 3 2 - | 2 1 6 5 6̣ - |

汉兵已略 地, 四方楚歌声。 大王意气尽, 贱妾何聊生!

题乌江亭

唐 杜牧

胜败兵家事不期，包羞忍耻是男儿。

江东子弟多才俊，卷土重来未可知。

夏日绝句

宋 李清照

生当作人杰，死亦为鬼雄。

至今思项羽，不肯过江东。

渭城的离别
朋友的挂念

——读王维
《送元二使安西》

送元二使安西

唐 王维

渭城朝雨浥轻尘

客舍青青柳色新

劝君更尽一杯酒

西出阳关无故人

一千多年前，一首送别诗被谱成了"超级流行歌曲"，火遍了当时的大街小巷。

张祜听见了——"不堪昨夜先垂泪，西去阳关第一声"。

白居易听见了——"相逢且莫推辞醉，听唱《阳关》第四声"。

李商隐也听见了——"红绽樱桃含白雪，断肠声里唱阳关"。

不仅如此，今天的我们也听见了——由这首诗创作的古琴曲，时至今日依然是中国音乐史上传唱久远的古曲。

这首诗，到底有怎样穿越时空的魅力呢？

"黯然销魂者，唯别而已。"一个人离开了，另一个人还在原地。路途漫漫，也许今生就再也见不到了。古人生活半径虽然小、情感半径却很大。他们把至深的惦念都浓缩到一支柳、一句诗、一杯酒里，让千年之后的我们读来仍觉感动——而这份感动，让我们更加珍惜身边的朋友、珍惜每次的相聚。

回到那时

01

我站在高处，望着那条通向远方的驿道。眼前络绎不绝的人流仿佛一个个小黑点，有的涌向长安，有的慢慢消失在天边。空气中夹杂的风沙和尘土味儿，充满着西域大漠的气息。

上一次来渭城，还是观看将军狩猎。那时草枯雪尽、劲风呼啸，将军带着猎鹰，弓弦响动，就射下了天上的大雕。傍晚时分，回眺将军猎雕的地方，千里暮云与平地相接。遥想重山阻隔之外的阳关，就像一位勇猛的铁甲勇士，雄踞在河西走廊的咽喉处，盔甲在夕阳下反射着令敌人胆寒的金光。

而这一次，雄奇的远方将是漫长路途的起点——明天，我的朋友元二就要从这里出发，经阳关奔赴遥远的安西。

02

"咚！咚！咚！"

夜深了，我提着酒，敲响了元二的房门。

"吱——嘎"一声，门开了。

"明天早晨就要出发了，今夜再小酌几杯？"这一路，我送了他一程又一程，终于还是到了离别的前夜。

月色皎洁，两个对饮的身影映在窗子上。

"这一杯，敬我们的大唐使者！"今天在渭城，见到了不少官员打扮的人，其中很多人和元二一样，是奉朝廷之名出使西域的。这些年来，国家军力强盛，边陲安宁，前往西域的使者络绎不绝，他们代表了大唐的繁盛和骄傲。

"这一杯，敬遥远的安西！"安西，就是安西都护府，治所在龟兹国。这一路从渭城到安西，估计要走大半

年，去往那里的行程，有着太多的穷荒绝域。而安西
的风貌，也与我们生活的这里完全不同。听说那儿有
各种各样的乐器，生活在那里的人们能歌善舞、豪放
热情。

"这一杯，敬我的好朋友！"我和元二感情甚笃，此
间一别，不知何时再能相见。虽说出使西域是建功立
业的壮举，虽说关于安西的种种传说令人神往，但忧
虑和牵挂依然泛上心头——万里长途，奔波跋涉，你
可会孤独？安西气候奇异，早晚极凉、白天酷热，你
可能习惯？到了安西，没有故人，心情忧闷时，你与
谁共饮？

我们促膝而坐，边饮边谈。不知不觉间，天已经蒙蒙
亮了。

03

清晨，下了一场短暂的小雨。

路面刚刚有些湿润，雨就停了。西去的驿道上，平日里车马喧嚣，尘土飞扬，这时却干净、清爽了许多。路旁的杨柳常常笼罩在灰蒙蒙的尘土中，此刻也被朝雨洗刷一新，露出了青翠的本色。

这个朝雨乍停的清晨，仿佛应了我的祈愿般，为远行的人准备了一条轻尘不扬的道路。

"摩诘兄，时候不早了，我真的得上路了。"元二站起身来，眼睛红红地向我作了一个揖。

"我再为你斟一杯酒，干了吧！"

看着元二将杯中的酒一饮而尽，我吞下了终究没有说出口的话："西出阳关，可就没有陪你喝酒聊天的老朋友了。"

眼前，柳色依旧青青，驿道一路延伸向未知的远方……

字斟句酌

送元二使安西

唐 王维

渭城朝雨浥轻尘，客舍青青柳色新。

劝君更尽一杯酒，西出阳关无故人。

元二　本名元常，元大的弟弟。唐人讲究子孙在家族中的排行，比如高适曾写下《别董大》，董大名为董庭兰，排行老大；白居易称呼刘禹锡为刘二十八使君，因为刘禹锡在族中排行第二十八。

安西

安西是安西都护府所在地，治所在龟兹（qiū cí），即现在的新疆维吾尔自治区库车县。

龟兹又称丘慈、邱兹、丘兹，是中国古代西域大国之一，以出产铁器闻名，汉朝时为西域北道诸国之一，唐代时为安西四镇之一。龟兹是当时世界的文化、经济、贸易交融之地。大量的民族乐器，如琵琶、胡琴、羌笛，甚至筚篥、巴拉曼等，都是从龟兹流传到中原来的。

渭城

渭城，在渭河北岸，属于今天的咸阳。长安是大唐的中心，长安人送别很有意思——向东去洛阳，就在灞桥折柳送别，李白曾诗曰"年年柳色，灞陵伤别"；而往西出阳关，去河西走廊这一带出塞，就要在渭城送别。

浥

浥者，润也，有一种渐渐浸润的感觉。雨是刚刚能将轻尘遮盖住的朝雨，而不是瓢泼大雨，路面并不泥泞。诗人的用词十分克制、精妙，显出一种细微处见精髓的味道。

尽

比起"前进"的"进"，"尽"更有仪式感，更有一种深重的感慨。"西出阳关无故人"，从此一别可能就无法再见，所以，要"尽"酒，如同人生要"尽"欢——那一刻，把余生不相见的所有思念之情，都放在这杯酒中。

阳关

山南为阳，阳关在玉门关的南边，故称阳关。阳关始建于西汉时期，是丝绸之路上中原通往西域及中亚等地的重要门户，也是中国古代陆路对外交通的咽喉之地。

阳关三叠

《阳关三叠》是中国十大古琴名曲之一。那么它和王维的《送元二使安西》有什么关系呢？

原来，王维不仅是大诗人，也是大音乐家。他写的这首《送元二使安西》朗朗上口、广为传诵，很快就被人谱上曲子，成为红极一时的唐朝流行歌曲《渭城曲》。后来，《渭城曲》又被改编成了古琴曲，因为曲词中有"阳关"，故称《阳关曲》，又叫《阳关三叠》。

不过，唐朝的《阳关三叠》早已失传，我们现在听到的《阳关三叠》及其所配的琴歌，是《琴学初津》中记载的版本，后人在原诗的基础上又增添了一些词句，用以加强惜别的情调。

"三"背后的文化意蕴

古人很喜欢奇数，认为奇是阳、偶是阴，所以很多古曲都以奇数命名，除了《阳关三叠》外，还有《梅花三弄》、婺剧曲牌《三五七》等。

此外，"三"还蕴藏着丰富的中国文化内涵。《道德经》中说："道生一，一生二，二生三，三生万物"。就连汉字，也是三人成"众"，三木成"森"。因此"三"这个数字里，有着生发万物的原始力量。

这首琴曲之所以"三叠"，是因为除去第一句，后面三句需要重复唱；也有观点认为，只有最后一句需要唱三遍。不管是哪种情况，琴曲"三叠"之后，离愁别绪酝酿得越来越满，无穷无尽的情感溢于胸中，伤别之情在音乐中达到了顶峰。

《阳关三叠》

〔唐〕王 维 词
古 曲

缓慢地 自由地

1=B♭ 2/4

5̣·6̣ 1 2 | 2 - | 6̣·1̣ 3 2 | 1 2 | 2 - | 5̲6̲5̲ | 3̲5̲ 5̲5̲3̲2̲ | 1̲2̲3̲ | 2 - |
渭城朝雨浥轻　尘，客舍青青柳色　新。

1̲·6̲6̲6̲ | 5̣ 6̲ | 6̣ - | 6̣·1̣ 3 2 | 1 2 | 2 - | 2·1̲ 6̲ 1̲ | 1 - | 6̣·5̲6̲6̲ |
劝君更尽一杯酒，西出阳关无故　人。霜夜与霜晨。遄行，

6̣·5̲6̲6̲ | 6̣·5̲6̲5̲6̲ | 3 3 | 3 - | 2·1̲ 6̲ 1̲ | 1 - | 3 1 | 2 - | 3 1 | 2 - | 3 3 |
遄行，长途越度关津，惆怅役此身。历苦辛，历苦辛，历历

1 - | 2·3̲2̲1̲ | 6̲ 5̣ | 6̣ - | 6̣ 5̣ | 6̣ - | 6̣·1̲ 2̲ 1̲ | 3 2 | 2 - | 5̲6̲5̲ |
苦辛，宜自珍，宜自珍。渭城朝雨浥轻尘，客舍

40
青 青 柳 色 新。劝 君 更 尽 一 杯 酒，西 出 阳 关
49
无 故 人。依 依 顾 恋 不 忍 离，泪 滴 沾 巾！无 复 相 辅 仁。
59
感 怀，感 怀，思 君 十 二 时 辰，商 参 各 一 垠。谁 相 因，谁 相 因，
70
谁 可 相 因？日 驰 神，日 驰 神。渭 城 朝 雨 浥 轻 尘，客 舍
81
青 青 柳 色 新。劝 君 更 尽 一 杯 酒，西 出 阳 关

1 2 | 2 - | 2.1 6 1 | 1 - | 6 5 6 0 | 6 5 6 0 | 6.5 6 5 6 | 3 3 | 3 - | 5 6 1 |

无 故 人。 芳草 遍 如 茵。 旨 酒， 旨 酒， 未 饮 心 已 先 醇。 载 驰

1 6 - | 5 6 1 | 1 6 - | 5 3 5 | 3.2 1 | 1 - | 3 3 5 | 3 2 | 2 - | 1 1 6 6 |

骊， 载 驰 骊。 何日 言 旋 轩 辚？ 能 酌 几 多 巡。 千巡 有尽，

1 1 2 2 | 3 3 5 3 2 | 2 - | 2 2 2 2 | 2.1 | 2 - | 2.1 6 1 | 1 - | 3 1 | 2 - |

寸衷难泯， 无穷的 伤悲。 楚天湘水 隔 远滨， 期早 托鸿 鳞。 尺 素 申，

3 1 | 2 - | 3 3 | 1 - | 2.3 2 1 | 6 5 | 6 - | 6 5 | 6 - |

尺素 申， 尺素 频 申， 如 相 亲， 如 相 亲。

3 - | 2 1 6 6 | 6.1 2 1 | 3 2 | 2 - | 1 1 1 | 1 - | 6 - | 6 - ‖

噫！ 从今 一别， 两地 相 思 入 梦 频。 闻雁 来 宾。

渭城的离别 朋友的挂念   读王维《送元二使安西》

观猎

唐 王维

风劲角弓鸣，将军猎渭城。

草枯鹰眼疾，雪尽马蹄轻。

忽过新丰市，还归细柳营。

回看射雕处，千里暮云平。

使至塞上

唐 王维

单车欲问边，属国过居延。

征蓬出汉塞，归雁入胡天。

大漠孤烟直，长河落日圆。

萧关逢候骑，都护在燕然。

认清生活的真相
依然热爱生活

——读李商隐
《锦瑟》

锦瑟

唐 李商隐

锦瑟无端五十弦

一弦一柱思华年

庄生晓梦迷蝴蝶

望帝春心托杜鹃

沧海月明珠有泪

蓝田日暖玉生烟

此情可待成追忆

只是当时已惘然

一位头发花白的老者，正眯着眼睛、捻着胡须，捧着手里的一卷诗集读得入神。

"妙哉，真是妙哉！"

老者激动地站起身来，"真是写得太好了！等我死后，希望能投胎去做你的儿子啊！"

周围人面面相觑，一时间惊得说不出话来。要知道，说这话的老者是赫赫有名的大诗人白居易，比他手上这卷诗集的作者大了整整四十一岁，而且两人的写诗风格完全不搭边儿——一个特别直白，一个特别晦涩。

是什么样的诗人，让白居易喜爱和钦佩到如此程度呢？

"乐天投儿"的轶事，足见白居易对李商隐的诗词喜爱到了极致。李商隐后来也确实给自己的大儿子取名白老，可惜这个叫白老的孩子并没有如同白居易那般聪慧过人。

但并非所有人都像白居易这样喜欢李商隐的诗，理由也很简单——读不懂。

面对众说纷纭的《锦瑟》，以及诗里那些无法解读的情愫，我们或许只能从他坎坷的人生经历中去感受一二了。

回到那时

01

"这序言，该写点儿什么好呢？"

像爱抚着我的孩子一般，我轻抚着眼前的诗集样稿，在空白的序言那一页久久停留。

一晃眼，四十多年如白驹过隙。虽然未到全然衰老的年纪，我却感觉身体一日不如一日，好像风中摇曳的火烛，随时可能熄灭。这本即将出版的诗集，可能是我所剩无多的精神寄托了。

我该写些什么呢？往事从眼前一幕幕闪过，定格在一个孩子的身上。只见他神情悲恸，干枯瘦小的身躯伴着一辆破车艰难跋涉。

那一年，我只有十岁。父亲突然客死在外，身为长子的我运回了父亲的灵柩。一大家子突然没了顶梁柱和主心骨，我好像一夜之间长大了。

抄书、捣米……只要能赚钱养活母亲和弟妹，我什么活儿都愿意干。但我始终不甘于此——我偷偷地读书，默默地写文章，远大的抱负在心里悄然扎根。

十六岁，我终于等来了机会，去洛阳拜见一位官员——

时任河东节度使令狐楚大人。大人一言不发，飞快地

读完了我的五六篇文章，方才抬起头来，难掩笑意地

说："从今天起，你就留在我的府中吧！"

02

在令狐楚大人府上，我度过了一段难得无忧无虑的时光。大人待我如师如父，不仅将我留在身边、亲自教授骈文，还让我与他的儿子们一同交游、学习，我和他的儿子令狐绹也成了无话不谈的好朋友。

在令狐家的举荐下，二十五岁的我考中了进士。如锦的前程就在眼前，我满怀期待，做好了大展身手的准备。

天有不测风云，考上进士没多久，对我恩重如山的令狐楚大人就因病去世了。

就在同一年，我爱上了一位姑娘。"洞房花烛夜，金榜题名时"本是大喜事，但不巧的是，她父亲王茂元所属的"李党"与令狐家所属的"牛党"是水火不容的死对头。

人生的第一场重要抉择，就这样悄然来临。而我，选择了遵从内心。我进入王茂元大人的府中工作，娶了心爱的姑娘为妻。

一面是夫妻恩爱、举案齐眉，另一面却是纷纷扬扬的指责之声："忘恩负义的小人！背信弃义之徒！"我眼睁睁地看着自己陷入党争夹缝，有苦难言。

这些年，我求仕无门，辗转于各地幕府，命运的浪头却一次次地向我迎头痛击：崔戎、郑亚、卢弘止……这些赏识我的大人相继辞世，或被贬官。在人生的最低谷，我鼓起勇气去找昔日好友、如今的翰林学士令狐绹，也遭到婉拒。

难道漂泊零落、郁郁不得志，就是我一生的命运？

03

我轻轻地合上诗集，叹了一口气。天边的启明星渐渐暗淡，又一个长夜即将破晓。不知不觉中，我又枯坐了一整夜。

窗外寒风呜咽，宛如天帝拨响锦瑟，一弦一柱都敲击着我的回忆。

曾经，我也有过一腔兼济天下的抱负啊！那一年科举及第，我在安定城楼登高望远，眼前渺渺的山湖仿佛在召唤着我去过自由自在的生活。可是我不能去啊！长安西郊的流民还食不果腹、衣不蔽体，有太多的事情等着我去做，待到功业已成，才是我白发归江湖的时候！

可这一切，不过是一场黄粱美梦罢了！庄子梦蝴蝶，我也曾梦过，但清晨的梦，还能做多久呢？破灭之后，梦醒时分，仍然是那个一事无成、垂垂老矣的自己。

但我不甘心呐！我心里的那团火还在，我的志向没有破灭，我的心还活着！古有望帝，死后变成杜鹃鸟，在一声声"不如归去"的啼哭中寄托未断的情思；今有义山，至死而春心不渝，用诗句托付自己未酬的壮志。

恍惚之间，我好像看到了一番奇异的景象：月明沧海，鲛人泣泪，颗颗成珠；晴和日暖，蓝田美玉，霭霭生光。那是多么美丽的景象啊！似在眼前，却又遥不可及。想起之前与妻子琴瑟和鸣、共剪夜烛的往事，好像就在昨天，一转眼却天人两隔，只能怅恨一江秋水。

窗外，风还在呜咽，锦瑟还在哀鸣，心里竟无由地生出了一丝怨怼。锦瑟啊锦瑟，为何你无缘无故要有五十根弦呢？那四弦的琴、五弦的琵琶、十三弦的筝难道不好吗？为什么偏偏比别人生得更多情、更敏感，承载更多的悲哀呢？

一种说不清、道不明的怅惘涌上心头。是失落、是感怀、是遗憾、是不甘吗？好像都是，又好像都不是。它们合在一起，组成了我的一生。而此生种种，是今时追忆的时候才感到惘然的吗？不，即使在当时，我就已经不胜迷惘了。

锦瑟

唐 李商隐

锦瑟无端五十弦，一弦一柱思华年。

庄生晓梦迷蝴蝶，望帝春心托杜鹃。

沧海月明珠有泪，蓝田日暖玉生烟。

此情可待成追忆，只是当时已惘然。

锦

意为装饰华美。"锦瑟"就是装饰华美、描绘了图案的瑟。

**庄生晓梦
迷蝴蝶**

引自"庄周梦蝶"的典故。庄子梦见自己变成了蝴蝶，醒来后就思考：究竟是我做梦变成了蝴蝶，还是蝴蝶做梦变成了我，我处于一场大梦中？我是谁？谁是我？"迷"字既形容了梦中的如痴如迷，又道出了梦醒后的空虚幻灭。李商隐借用这个典故，表达出一种对人世不知是真是幻的迷惑。

望帝春心托杜鹃

引自"望帝化鹃"的典故。托，就是寄托。望帝，是传说中周朝末年蜀地的君主，名叫杜宇，后来禅位退隐，死后化为杜鹃鸟，暮春啼哭，口中流血，其声哀怨，动人肺腑。

杜鹃，又叫杜宇、布谷、子规、望帝等，是古诗词中的一种常用意象。自古以来就是文人墨客的常咏之物，常与悲苦之事联系在一起，关于它的诗词数不胜数，文化意蕴丰富多彩。

"杨花落尽子规啼，闻道龙标过五溪。"（李白《闻王昌龄左迁龙标遥有此寄》）
"从今别却江南路，化作啼鹃带血归。"（文天祥《金陵驿·其一》）
"其间旦暮闻何物？杜鹃啼血猿哀鸣。"（白居易《琵琶行》）

沧海月明珠有泪

常用来注解此句的有两个典故：一个典故是说古代认为生长珍珠的蚌壳是朝着月光打开的，吸收日月之精华，所以月满则珠圆，沧海月明就跟明珠联系在一起；另一个典故记载在张华的《博物志》中，说南海有一种很特殊的鲛人，类似安徒生童话中的美人鱼，哭泣时流出的不是眼泪，而是珍珠。

在这幅沧海月明、遗珠如泪的图景中，我们能感受到李商隐深广的寂寥和哀伤。

蓝田日暖玉生烟

蓝田盛产玉，关于蓝田玉也有两个不同的典故。一种说法是，此句使用了吴王小女的故事。吴王夫差的小女儿叫紫玉，与一位年轻人两情相悦，但是由于父亲的阻挠，两个人被迫分开，紫玉便抑郁而终。后来她变身成魂魄归来，她的母亲想要抱住她，她却如烟一般散去了，这就是"玉生烟"。另一种说法是，古人认为但凡产玉的地方都有氤氲之气，人可以看见这种气，但无法触摸到、感受到。

李商隐用这样的典故来表达"可望不可即"的朦胧感，描摹了他对人生中所追求、所向往的事物想要把握、又把握不住的感觉。

只是

意为"即便"。即便是在当时，已让人感到不胜怅惘了。

邻家乐府

瑟的由来

瑟，是我国古老的拨弦乐器，《诗经》中有记载"窈窕淑女，琴瑟友之""我有嘉宾，鼓瑟吹笙"。

传说最早的瑟有五十根弦，后来才变成了二十五根弦。根据《汉书·郊祀志》记载，传说天上的泰帝叫一个名为素女的女子弹五十弦的瑟。五十弦的瑟弹奏起来，调子非常哀怨、悲伤，于是泰帝下令将五十弦改成二十五弦，意为让悲伤减半。

唐代诗人钱起有两句诗："二十五弦弹夜月，不胜清怨却飞来。"可见二十五弦已经非常哀怨了，遑论五十弦。

认清生活的真相 依然热爱生活　　读李商隐《锦瑟》

瑟的意蕴

瑟的音色短促、干脆、激越，高音比筝更加铿锵，低音比筝更加浑厚。《礼记·乐记》中写道："清庙之瑟，朱弦而疏越，壹倡而三叹，有遗音者矣。"

瑟有四个特点：适、怨、清、和，可以简单地理解为适意、哀怨、清雅、柔和。因为瑟的包容性，古代文人常常用瑟来表达内心的复杂情感。

《锦瑟》

〔唐〕李商隐 词
秦 昊 曲

♩ = 100

1=D 4/4

6 3 6 3 - | 2 5 3 3 2 1 | 2 3 5 3 2 | 3 - - - | 6 3 6 3 - | 2 5 3 3 2 1 |
锦瑟无端 五十 弦,一弦一柱思华 年。 庄生晓梦 迷蝴 蝶望帝

2 3 6 5 | 6 - - - | 6 3 6 3 - | 2 5 3 3 2 1 | 2 3 5 3 2 | 3 - - - |
春心托杜 鹃。 锦瑟无端 五十 弦,一弦一柱思华 年。

6 3 6 3 - | 2 5 3 3 2 1 | 2 3 5 3 | 6 - - - | 2 6 1 2 4 3 2 | 3 - - - |
庄生晓梦 迷蝴 蝶,望帝春心托杜 鹃。 沧海月明珠 有泪,

1 7 6 5 3 2 5 | 3 - - - | 6 3 3 2 1 | 6 5 6 6 5 3 | 2 6 6 5 |
蓝田日暖玉 生烟。 此情可 待成追 忆,只是当时已惘

6 - - - | 6 3 3 2 1 | 6 5 6 6 5 3 | 2 6 5 5 | 6 - - - ‖
然。 此情可 待成追 忆,只是当时已惘然。

九日

唐 李商隐

曾共山翁把酒时，霜天白菊绕阶墀。

十年泉下无人问，九日樽前有所思。

不学汉臣栽苜蓿，空教楚客咏江蓠。

郎君官贵施行马，东阁无因再得窥。

暮秋独游曲江

唐 李商隐

荷叶生时春恨生，荷叶枯时秋恨成。

深知身在情长在，怅望江头江水声。

亲人所在的地方
即是故乡

——

读李白

《静夜思》

静夜思

唐 李白

床前明月光

疑是地上霜

举头望明月

低头思故乡

益州大都督府长史苏颋饶有兴趣地打量着眼前的少年。他看起来二十岁出头，衣衫飘逸，腰间佩着一把剑，颇有游侠之风；头微微地昂着，明亮的眼神中透着一丝骄傲。

苏颋捻了捻胡须，又翻看起少年的诗文。他虽年纪不大，笔下却已显露了"天才英特"的气质。假以时日，学问精进，或许能成为司马相如那样的大文学家。

后来，少年辞别苏颋，又去峨眉和渝州兜转了一圈。在他的足迹里，仗剑远游、出蜀建功的抱负越来越清晰。

开元十二年（公元 724 年），"五岁诵六甲""十岁观百家"的天才李白，胸怀大志地踏上了辞亲远游的路。

他带着绝世的才情，带着大笔的钱财，从蜀地来到江南。他会有怎样的际遇呢？热闹与寂寞、理想与现实、异乡与故乡的冲撞和落差……又会带来怎样传世的感慨？

两年后，一首五言绝句，写出了人类最深彻的关于家的情感。那一年的明月，被二十六岁的李白写进了诗里。

01

开元十三年，巫山脚下桃花盛开，一叶孤舟轻捷地划过江面。

我站在船头，看着奇险的三峡风光不断向身后倒退，心中啧啧称奇。

去年秋天，我终于下定决心迈出自己生活了二十多年的蜀地，出川闯荡。

父母和兄长都有些担心不舍，但他们知道我胸有四方之志，于是拿出十二分的支持，备了三十万金供我干谒之用。

这可是三十万金啊——是寻常人家几年的收入！带着父兄沉甸甸的希望，我过巴西，出三峡，下巴东，踏上了出川之路。

出三峡后，江面骤然变得平缓开阔。故乡的青山渐渐消失于视野，眼前是从未见过的壮阔平原。

一路上，大家都说，当朝皇帝是位明君，治理得天下太平、百姓安乐，东都米价每斗只要十五钱，青州、齐州一带斗米只要五钱，粟只要三钱。而且，皇帝还在扩充官员编制，把吏部三铨分为了十铨，要广纳

天下贤才。"真是赶上太平盛世了呀！"

一个广阔的、充满无限可能的世界仿佛在向自己招手，

该是我一展宏图的时候了！

02 开元十四年，烟花三月，行到扬州。

夜幕将至，运河上仍然灯光如昼，船只往来不息。码头上，人们把大包大包的盐、茶、金银铜器、绫绵绸缎搬运上船，又把船上的货物卸下来。近处的街巷人流如织、商贩如云。远望城中，隐约可见十里长街市井相连，二十四桥霓虹卧波，楼台高筑彩幡招展。

好一个富甲天下的扬州，真是名不虚传！我第一次亲眼见到这烟柳繁华之地、温柔富贵之乡，竟然有些醉了。有诗有酒，就能交到朋友。不管对方是名流显贵还是落魄公子，两杯酒下肚，我就打开了话匣子。

"我知道，他们嫌我是商贾之家——经商嘛！最末等的营生！就因为这个出身，我连科举都考不了，才要四处干谒、谋求出路。但是，就算你们瞧不上我的出身，总有一天也得瞧得上我的才华！"

"渝州的李大人——他看不上我！我就写了首诗，告诉他，我是鲲鹏之才，早晚要扶摇直上九万里！孔夫子都知道后生可畏，他李大人怎么就不知道！"

酒钱，总是我来付的。碰到落魄公子，我还要接济他一些钱。父兄做生意不容易，我都看在眼里，遇到一样不容易的人，总是忍不住多帮一点。再说，我有三十万金呢，怎么都够花了！

春去夏来，夏去秋至。一转眼，来扬州快半年了。我每天忙着结交朋友，忙着喝酒聊天，忙着遍历名胜，对时间的流逝浑然不觉。是从什么时候开始，突然感到有点慌的呢？也许是从第一片树叶开始变黄，也许是从空气中突然有了些许凉意，又也许是那天喝酒的时候，一摸兜里竟然不剩几个子儿了……恍然发现，我的前途还没有着落呢！而钱，好像已经花完了。

临行时父兄期待的眼神还历历在目，雄心壮志却已被现实击了个七零八落。我该怎么办？一瞬间，思念、孤独、难过、自责涌上心头，一年多来长途奔徙的劳累也一齐袭来，我感到浑身发烫，眼前一黑，就栽了过去。

03

夜晚的旅舍，万籁俱寂。

虽然几街之隔就是热闹的扬州市井，但热闹是他们的，我只觉得满心孤独。烧还未退，身体又沉又软，迷迷糊糊间想起以前生病时，总能看见父亲焦急踱步的身影；母亲清凉又柔软的手有时摸着我的额头，有时悄悄将我蹬开的被子重新盖好；桌上的青瓷水罐里总有清凉的井水，那是兄长特意为我打好的。但一睁眼，面前却只有简陋破旧的房间和屋外空无一人的小院。

头疼得越发厉害，喉咙也像火一样灼烧起来。我踉跄起身，想去外面的院子里取一口井水喝。推开门后，却愣在了原地。只见院子里洒满了白茫茫的月光，石砌的井床反射着银色的光芒，好似凝结了一层冷霜。

我跌跌撞撞地走了出去，倚着井床，好不容易抓住了绳子，却怎么也拉不动水桶，仿佛浑身的力气都被抽干了。"有人吗……能不能帮我打些水……有人吗……"

四下无人，一片岑寂。我跌坐在井边，看着倾泻一地、仿若寒霜的月光，好像一瞬间明白了"背井离乡"的含义。

我抬起头，一轮明晃晃、孤零零的月亮高悬在夜空中。故乡的家人，是不是也在仰望这轮明月，思念着远方的我？

以前，我总想离开故乡，离开亲人的庇护，去闯出自己的一番天地。直到真的身在异乡，碰了壁、生了病，才明白家人永远是最重要的人，而因为家人的存在，故乡永远是那个最特别的地方。

我低下头，故乡的模样和亲人的面孔在眼前逐渐清晰……

字
斟
句
酌

静夜思

唐 李白

床前明月光，疑是地上霜。

举头 望明月，低头思故乡。

静夜思

夜深人静，是旅人的思乡之情最容易被触发、也最集中强烈的时候。静到极处，所有的喧嚣就会成为背景，而纯粹的、沉淀下来的情感就会格外清晰。年轻的李白怀着雄心壮志离家闯荡，却遇到了很大的挫折。这个秋天的夜晚，万籁俱寂，他举头望月，天地间好像只剩下明月和自己，生命中重要的东西就凸显了出来。

关于《静夜思》的写作时间，学界说法不一，但主流观点是李白于二十六岁前后，在扬州创作了这首诗。

亲人所在的地方　即是故乡　　　　　　读李白《静夜思》

关于"床"的含义，有几种常见的解释：

1. 胡床，即板凳、小马扎；

2. "床"通假"窗"，指窗户；

3. 井床，即井边的围栏，既可以支撑井辘轳，也可以帮助人们在提水时借力，还能防止人畜坠入井中。

这几种解释各有出处，而本书采用了第三种解释。笔者认为在院中坐着马扎、抬头看月不太符合成年人的行为方式，而唐朝的直棂窗常会糊窗纸，加之唐朝建筑屋檐宽大、遮挡视线，在屋内透过窗户很难看到月亮。

而井床的解释则更好理解，李白有一句著名的诗叫"郎骑竹马来，绕床弄青梅"，井边常有青梅一类的树木，小男孩骑着竹马，小女孩摆弄着刚从树上折来的花枝，两人绕着井栏追逐嬉戏。石砌井床一般为银灰色，在月光下如覆霜雪，因此有了"疑是地上霜"；而且在"井田制"的社会，"井"与"家乡"有着千丝万缕的联系，有"井"才有"家"，因此"床前明月光"中"井"的出现，让这首思乡之诗又多了一重回味的空间。

床

根据宋代以前记载的李太白文集和敦煌的写本，李白原版本的《静夜思》是"床前看月光"和"举头望山月"。而现在流传更广的版本则来源于清代沈德潜选著的《唐诗别裁》和蘅塘退士编纂的《唐诗三百首》。

诗词的传承，也是人们不断再创作的过程。中国人是将诗词推向极致的——修改后的版本中，虽然去掉了"看"的动作和"山"的景物，并且"明月"出现了两次，却删繁就简，传递出一种大道至简、大音希声的纯粹之美。

明月光
望明月

诗人着笔在望月思乡的深切感受，而感受又是通过这两个动作传达出的。举头、低头，写出踌躇之态，赋予了"思"字以沉思默想、无限低回的感性形象。俯仰之间，情思流动。

举头
低头

唐代五弦琵琶与盛唐

我国历史悠久的弹拨弦鸣乐器，盛唐时期中原地区最流行的乐器之一。《通典》记载："弹琵琶、五弦及歌舞之伎，自文襄以来，皆所爱好。至河清以后，传习尤盛。"后来东传日本，成为"盛唐之音"的标志。在日本的宫内厅正仓院北院中，至今收藏陈列着世界现存唯一的唐代五弦琵琶文物——"螺钿紫檀五弦琵琶"。

而"诗仙"李白，也是极具盛唐气象的一位诗人。澎湃的激情、浪漫的意象、狂放的想象……所谓"绣口一吐，便是半个盛唐"。用唐代五弦琵琶演奏李白的诗词，是"盛唐之音"间的碰撞和交融。

曲项琵琶

节目中方老师所使用的琵琶为梨形、曲项，并采取横抱的演奏法，用汉拨弹奏。这种"曲项琵琶"起源于波斯，后经龟兹（今新疆库车地区）传入中原，是一种具有民族融合特色的乐器，音色高亢、激昂、充满生命力。

而据专家考古，李白的父亲名为李客，这并非他的本名，可能与他在碎叶城的经商经历有关，"客"即为客商，因此李白的祖上可能与西域有着千丝万缕的联系。而来自西域、充满艺术张力和表现力的曲项琵琶，也与李白洒脱不羁的性格具有相似之处。

岁月静好

是因为英雄默默守护

——读范仲淹

《渔家傲·秋思》

渔家傲　秋思

北宋 范仲淹

塞下秋来风景异

衡阳雁去无留意

四面边声连角起

千嶂里

长烟落日孤城闭

浊酒一杯家万里

燕然未勒归无计

羌管悠悠霜满地

人不寐

将军白发征夫泪

"听说了吗？连铁鹞（yào）子骑兵都吃了败仗，差点就没回来！自从小范老子来了，在延州屯田筑堡、养兵蓄锐，别说奴隶抓不着几个，咱们派去的队伍已经折损过半了！"

西夏军营里，士兵窃窃私语："当时范雍守城，咱们哪里有过这样胆战心惊的日子？"

"只要小范老子在一天，咱们就别打延州的主意了。"

慢慢地，边关流传着一句话："今小范老子腹中自有数万甲兵，不比大范老子可欺也。"

据记载，当时西北民族称各州长官为"老子"。"小范老子"，就是西夏人对范仲淹的尊称。

范仲淹不仅是一位文能治国、武能安邦的儒将，更是在危难时刻，为大宋挺身而出的国士。"先天下之忧而忧，后天下之乐而乐"的精神烛照千古，激励着一代代为国守边的英雄们。

岁月静好，是因为有人默默守护、负重前行。古今中华大地上最可爱的人，向你们致敬！

回到那时

01

康定元年正月，一场鹅毛大雪从天而至，纷纷扬扬地落满了延州城，却无一人观赏。

数日前，西夏元昊大军忽然长驱直下，骤然对延州城发动了进攻。先是攻占了延州西北面的金明寨，继而攻破安远、塞门、永平，大军直抵延州城下。前来增援的宋将轻敌冒进，在三川口附近被引入包围圈，宋军很快全线崩溃。

消息传回开封，一时间震动朝野。

"延州是扼守西北的咽喉要塞，偏偏周边的防御工事稀少。面对党项精锐，驻守的士卒实力不够，又没有经验丰富的将领在前线统筹调度。元昊南面称帝、野心日现，经此一役，西夏发现了大宋边防薄弱的要冲，一定不会善罢甘休。"

我一边思忖，一边地在屋里踱起步来。原西北主帅范雍被降职调任，西北边线局面愈加复杂。国家有难，正是需要我的时候！我虽然年过半百，但自问还是挑得起这副担子，于是立刻打点行囊，奉调西北前线。

02

延州的情况，比我想象的还要糟糕。

虽然大雪之下西夏军队放弃围城、最终撤军，但在战火席卷过后的延州境内，到处是断壁残垣，萧条不堪。更让人担心的是，边患并未真正解除，西夏军队随时可能卷土重来，边城疲于应战，军队士气低落。

于是，我开始整顿边防军队，精选一万八千名精兵，严加训练，轮番出战，收复塞门寨等多处失地，又修建了青涧城要塞，同时安抚边城百姓，恢复农牧业生产，前线的紧张局势终于得以缓解。

好景不长，庆历元年二月，西夏元昊再次挥师渭州，贪功轻敌的宋将任福在好水川附近，又一次掉进了西夏军队的包围圈，三川口之战的悲剧再度重演。听闻好水川战败后，阵亡将士的家人在路边招魂，哭声哀天恸地，我不禁潸然落泪，这些都是同我出生入死的战士啊！虽说兵家胜败无常，但是面对他们的离去，叫我如何能将战争的胜负置之度外？

03

边城入秋了，眼见着北风一天比一天凛冽，草木一天比一天枯黄。

登上城楼，塞上已是一片荒芜。我望着远方，不禁想象万里之外的故乡，此时又是什么样的呢？此时刚入秋不久，江南应该还是草木青青的样子吧，要等池里涨满好几场秋雨，叶子才会慢慢变黄。

耳畔传来大雁凄厉的叫声，只见它们成群结队，飞过傍晚的天空。大雁会飞向哪里？会飞向我气候温暖的故乡吗？看它们振翅奋飞的样子，似乎对这边陲苦寒之地毫无留恋。雁归而人不能归，我突然有些羡慕它们。

天边，夕阳拖着最后一丝余光缓缓西沉。举目四望，远处群山耸立，荒原之上只有这一座孤悬的城池。暮霭之下，城门已经紧紧地关闭了。

军中又吹响了号角声，我步下城楼，转身回营。

虽然西北边防比之前巩固了不少，但大宋的军事实力依然孱弱，无法取得边陲战事的决定性胜利。西夏异心尚存，时有进犯，边军疲于应战，维持守势已是不易。遥想东汉时期，大将窦宪率领军队击败北匈奴，并且追赶着匈奴的单于穿过了大沙漠，一直追到燕然山勒石立功，是何等地张扬大汉国威于四海！如今，西夏边患未平，我和将士们又怎能安心回家呢？

我灌下一杯浊酒，不由地思念起千里之外的家人。想必将士们都和我一样，想念着远方的亲人和故乡吧？我们不是不想回家，只是不能卸下身上保家卫国的责任，像逃兵一样回家。况且，如果我们守不住这里，故乡的亲人也就没有家了。

夜深了，寒霜满地，远处飘来羌管哀伤的声音。我辗转反侧，难以入眠。在年复一年的戍边中，青丝变白发、洒尽相思泪的，又何止我一人？

字
斟
句
酌

渔家傲·秋思

北宋 范仲淹

塞下秋来风景异，衡阳雁去无留意。四面边声连角起。千嶂里，长烟
落日 孤城闭。

浊酒一杯家万里，燕然未勒归无计。羌管悠悠霜满地。人不寐，将军
白发征夫泪。

衡阳雁去　古代传说，大雁南飞，到衡阳即止，衡山的回雁峰也是因此得名的。

边声　泛指一切带有边地特色的声响。如李陵在《答苏武书》中所云："凉秋九月，塞外草衰，夜不能寐，侧耳远听，胡笳互动，牧马悲鸣，吟啸成群，边声四起。"

长烟落日　这一句与王维的名句"大漠孤烟直，长河落日圆"类似，写出了边塞的典型景色。不同的是，王维只是出使到塞上，并且唐朝国力强盛，使者心中洋溢着豪迈气概和乐观精神，笔下的边塞之景自然开阔壮美；而范仲淹面对着战火连绵的西北边关，笔下则饱含苍凉悲壮的味道。

孤城闭　关于这首词的写作地点有两种说法，一种是延州，即今天的延安；一种是庆州，即甘肃一带。无论是哪里，都属于当时的军事要塞，一旦西夏占领此地，就很有可能长驱直入，侵略北宋大片疆土，因此从地形来说此处确实是孤城。城门关闭的景象，符合坚壁清野、固守城池的策略。这三个字，将边塞的苍凉和战事的紧张感表现得淋漓尽致。

浊酒　粗劣的、没有过滤的浑酒。

有学者提出，"浊酒"还有另外一种意思，如嵇康的《与山巨源绝交书》中写道的："时与亲旧叙阔，陈说平生，浊酒一杯，弹琴一曲，志愿毕矣。"如果这样理解的话，"浊酒"不仅从侧面表现出了边塞条件的艰苦，也代表着范仲淹内心的愿望，即便他也想安稳惬意度日，但仍愿留在边塞保家卫国，将责任承担到底。他不是不愿意回家，而是不能放弃职责回家。

筚篥（bì lì）

又作觱篥，是中国古代管乐器之一，用竹做管，用芦苇做嘴。筚篥由古代龟兹人民发明，汉代从西域传入，流行于各地。

筚篥是少数民族的乐器，音色深沉、浑厚、凄怆、悠远，是很适合表达诗中"边声"意境的乐器，与范仲淹悲壮的情绪亦有应和。

岁月静好　是因为英雄默默守护　　　　读范仲淹《渔家傲·秋思》

唐代李颀的《听安万善吹觱篥歌》描写了吹奏觱篥的动人情形。

听安万善吹觱篥歌

唐 李颀

南山截竹为觱篥，此乐本自龟兹出。

流传汉地曲转奇，凉州胡人为我吹。

傍邻闻者多叹息，远客思乡皆泪垂。

世人解听不解赏，长飙风中自来往。

枯桑老柏寒飕飗，九雏鸣凤乱啾啾。

龙吟虎啸一时发，万籁百泉相与秋。

忽然更作渔阳掺，黄云萧条白日暗。

变调如闻杨柳春，上林繁花照眼新。

岁夜高堂列明烛，美酒一杯声一曲。

《渔家傲·秋思》

[北宋] 范仲淹 词

方颂评 曲

岳阳楼记

北宋 范仲淹

庆历四年春，滕子京谪守巴陵郡。越明年，政通人和，百废具兴，乃重修岳阳楼，增其旧制，刻唐贤今人诗赋于其上，属予作文以记之。

予观夫巴陵胜状，在洞庭一湖。衔远山，吞长江，浩浩汤汤，横无际涯，朝晖夕阴，气象万千，此则岳阳楼之大观也，前人之述备矣。然则北通巫峡，南极潇湘，迁客骚人，多会于此，览物之情，得无异乎？

若夫淫雨霏霏，连月不开，阴风怒号，浊浪排空，日星隐曜，山岳潜形，商旅不行，樯倾楫摧，薄暮冥冥，虎啸猿啼。登斯楼也，则有去国怀乡，忧谗畏讥，满目萧然，感极而悲者矣。

至若春和景明，波澜不惊，上下天光，一碧万顷，沙鸥翔集，锦鳞游泳，岸芷汀兰，郁郁青青。而或长烟一空，皓月千里，浮光跃金，静影沉璧，渔歌互答，此乐何极！登斯楼也，则有心旷神怡，宠辱偕忘，把酒临风，其喜洋洋者矣。

嗟夫！予尝求古仁人之心，或异二者之为，何哉？不以物喜，不以己悲，居庙堂之高则忧其民，处江湖之远则忧其君。是进亦忧，退亦忧。然则何时而乐耶？其必曰"先天下之忧而忧，后天下之乐而乐"乎！噫！微斯人，吾谁与归？时六年九月十五日。

幸福与惆怅

都是少女的情思

读李清照

——

《如梦令·昨夜雨疏风骤》

如梦令
宋 李清照
昨夜雨疏风骤
浓睡不消残酒
试问卷帘人
却道海棠依旧
知否知否
应是绿肥红瘦

"愿意收她也不行！哪有正经人家的女孩子放着女工不做，去学填词的道理？"一大早，孙父就气冲冲地出了家门。

话说，想要收这个十岁女孩为徒的老师，来头可不小！不仅少年便有诗名，才力华赡，与一众前辈相比毫不逊色，当年的诗作更是在汴京城引起"文章落纸，人争传之"的"抢购"风潮，而且她父亲是"苏门后四学士"，母亲也是名门望族之后。

这可是花钱都请不来的名师啊！竟然还有不愿意的道理？

等等！在连孩子都知道"才藻非女子事"的南宋，这个老师教的是填词，想要收的学生是个女孩儿，自己……也是女子？这可太不寻常了！

这位老师，便是有"千古第一才女"之称，并提出词"别是一家"的"婉约词宗"——李清照。她的作品中，既有"才下眉头，却上心头"的细腻，也有"至今思项羽，不肯过江东"的豪气；既有吟风弄月、诗酒缠绵，也记录了风雨飘摇、悲欢离合。

能在《如梦令·昨夜雨疏风骤》中，猜测这位天才少女留下的一缕情思，是一件令人击节称赏、又特别浪漫的事情。

回到那时

01

庭院深深，上方是四角的天空。世人说，女子的天地就是这么大。

我偏不信！

小时候，我喜欢读书、写词；长大一些后，还喜欢出游和喝酒。是不是和你想象中的"大家闺秀"不太一样呢？但我的父母十分宽容，从未告诉过我"女孩子就应该怎样"。

春日，我踏青赏花；夏天，我泛舟莲池；秋天，我和黄叶共舞；冬日，我与白雪同行。风物轮转，生生不息，这个充满生命力的世界，用起伏的山川、初生的红日，呼应着我心中咏叹的音律和勃发的热情。

那一年，我泛舟溪亭，在小舟上兴之所至、小酌微醺，沉醉在夕阳美景中乐而忘返。乘兴而来，兴尽而归，本想在夜色前调转船头，却划错了方向误入藕花深处，惊起了一群悠闲的水鸟。

生命太美好了！我心里像有汩汩的泉眼，而写词，就像把清冽、涌动的文思化作涓涓细流，"语尽而意不尽，意尽而情不尽"。

文以载道，诗以言志，词以言情。词可以在歌筵酒席

上吟唱每一个人的情绪，抒发普通人的喜怒哀乐，但

在我生活的时代，女子填词却是一件很不寻常的事情。

那时，太多的女子终其一生都困在深闺和规矩中，没

有多少人诉说过自己的情感、发出过自己的声音。

所以，我的词作火起来了，风言风语也来了。有的说

"自古缙绅之家能文妇女，未见如此无顾忌也"。

是的，独立之精神，自由之成长，勇敢之表达，这是

父母给予我的底气。我爱着，写着，感受着。

02

到了待字闺中的年纪，家中访客忽然多了起来。一同多起来的，还有一箩筐青春期的小心思，它们像泉水一样"突突突"地往外冒，就像永远都不会枯竭似的。有时候在院子里赤脚荡着秋千，思绪却飞到天边去了："我以后会成为什么样的人，会过上什么样的生活呢？""我未来要嫁的丈夫，他会是什么样的人呢？要是他也喜欢诗词就好了，我们可以比赛谁读的书多，赢了的人要奖励一杯茶……"

忽然，一阵说话声打断了我的思绪。门口不远处，传来了父亲迎客的声音。又有访客来了，会是提亲的人吗？

我又羞又喜，连鞋都来不及穿，就拎起裙角一路小跑。只听"叮当"一声脆响，头上的金钗掉了！门口的客人不会也听到了吧？我脸上发烫，又抑制不住内心的好奇，倚在门边，装作要嗅青梅的样子，快快地扭头一瞥。这颗小鹿乱撞的心，扑通扑通的，已经快要跳出来了！

后来，我遇到了赵明诚，他能背出我的词，会陪我一起猜花灯，还会给我讲他那个收尽天下古文奇字的梦想。虽然他是太学生，按照规定不能常常回家，但我知道，他就是我一直在等的那个人。

03

昨日，庭中海棠花开得热烈，我却只能独自观赏，心中有些惆怅，久久不能入睡。索性起身，一个人在窗边饮酒，酒酣处，倒头沉沉睡去。

清晨，啾啾的鸟鸣将我唤醒。脑袋依旧昏沉，脸颊也微微发烫，看来酒还没醒。迷迷糊糊之间，隐约想起昨夜狂风骤雨，心头一紧，呢喃着问道："我的海棠怎么样了？"

回答里，透着一如既往的天真："海棠还是和昨天一样的呀！"

我轻轻叹了一口气。其实，自己何尝不像这株海棠呢，春去夏来，大好年华从指缝间溜走。青春是美丽的，相爱是幸福的，相爱的人不能常相守，却是幸福的烦恼、甜蜜的惆怅。

"知否？知否？应是绿肥红瘦。"

如梦令

宋 李清照

昨夜雨疏风骤，浓睡不消残酒。试问卷帘人，却道海棠依旧。知否？知否？应是绿肥红瘦。

如梦令

《如梦令》这一词牌非常有意思。海棠花语是花中神仙、花中富贵，因此《如梦令》原来叫《忆仙姿》，意为"回忆仙女的姿态"，由后唐庄宗李存勖创制。李存勖外号"李天下"，是以喜欢演戏而闻名的皇帝。《忆仙姿》由李清照的师祖苏东坡改为《如梦令》，苏东坡用"故烧高烛照红妆"来描写海棠，并把《忆仙姿》改为《如梦令》，而《如梦令》这个词牌到李清照这里得以发扬光大，两首《如梦令》成为天下绝唱。

昨夜

一个深深的庭院中，李清照在房间里，外面盛开着海棠花，早晨可能还弥漫着淡淡的雾霭。她轻轻地醒来，忽而想起"昨夜雨疏风骤"——时间是"昨夜"，空间是庭院中，与今晨的房间是两个场景，诗人仿佛时空穿越了！她酒醉未醒，却对院中海棠和一夜风雨念念不忘，说明昨夜饮酒很可能是因那株海棠而起。

浓残

"浓"和"残"如果倒过来使用，"残睡不消浓酒"便失去了原句的神韵。"浓睡"，她沉沉地睡去了，却"不消残酒"，身体还是绵软昏沉没有力气。

卷帘人

有学者认为是侍女，但如果这首词的创作时间是李清照十八岁之后，这个卷帘人也有可能是赵明诚。

知否

词人因惜花而痛饮，因怀抱一丝侥幸而"试问"，又因不相信"卷帘人"的回答而似是反问、似是喃喃自语，把十七八岁少女婉转曲折的心思、娇憨可爱的模样表现得淋漓尽致。

绿肥红瘦

"绿"代替叶，"红"代替花；"肥"是雨后叶子因水分充足而茂盛、饱满，"瘦"是花朵因不堪风雨而凋零、谢落。词人用四个字精妙地抒发了春日将逝的感怀。

有趣的是，李清照还有个与"瘦"有关的外号——"李三瘦"，因为她曾写过数首含"瘦"的著名诗词：除了这首外，还有"新来瘦，非干病酒，不是悲秋""人比黄花瘦"等。

奚琴

奚琴，又名稽琴、嵇琴，是二胡的前身。奚琴始于唐代北方游牧民族，兴于宋代，是文化大融合的产物。奚琴声音不大，但颇有韵味，音色中透出游牧民族的苍凉。琴弦均为丝质，琴弓软，拉奏难度大。

12世纪前后，奚琴东传韩国，逐渐发展成为具有代表性的韩国传统乐器，成为国际文化交流互鉴的见证。

奚琴与奚族

奚族，又称库莫奚族，名称始见于北朝时期，是中国古代北方游牧民族，居住在今内蒙古自治区西拉木伦河和老哈河流域。

"库莫奚"意为：沙，沙之地。诚如其名，这是一个流沙般的民族。他们"善射箭，随逐水草"，在恶劣的环境中征战、求生、迁徙、流浪……直至消逝于历史的流沙之中。

面对颠沛流离的命运，奚族创造了奚琴。坚忍、悲凉、沧桑、无奈、凄怆……从此揉进了奚琴的乐声。

有诗云："奚人作琴便马上，弦以双茧绝清壮。高堂一听风雪寒，坐客低回为凄怆。深入洞箫抗如歌，众音疑是此最多。可怜繁手无断续，谁道丝声不如竹。"

北宋文人欧阳修在《试院闻奚琴作》一诗中也写道："奚琴本出奚人乐，奚虏弹之双泪落"。可见奚琴之音缠绵哀婉，如同奚族的命运一般，令人落泪叹息。

奚琴与李清照

1

"颠沛流离"，是奚族的命运，也是身处两宋变迁中的李清照半生的写照。

写《如梦令·昨夜雨疏风骤》时，李清照还是一个生活优渥、无忧的少女。谁能想到，二十多年后她会孑然一身，带着毕生收藏四处逃亡，在战火中眼睁睁地看着心爱的书籍和文物被劫掠、盗走……

靖康之乱，亡夫之痛……"流浪"的奚琴还原了一位时代变迁中的女词人颠沛流离的一生。

2

奚琴的弦比二胡更软，适合表现柔美的女性题材。有意思的是，在这期节目中，还出现了奚琴与二胡的罕见对话。

我们用奚琴的乐音搭建了整首词的自然环境，特别是开头的颤音再现了呜咽的风声、切切的雨声，让"昨夜雨疏风骤"如在眼前；而二胡缠绵悱恻，似在倾诉少女心事。这样的碰撞，别有韵味。

《如梦令·昨夜雨疏风骤》

[宋] 李清照 词
赵景旭 曲

点绛唇

宋 李清照

蹴罢秋千，起来慵整纤纤手。露浓花瘦，薄汗轻衣透。

见客入来，袜划金钗溜。和羞走，倚门回首，却把青梅嗅。

如梦令·常记溪亭日暮

宋 李清照

常记溪亭日暮，沉醉不知归路。兴尽晚回舟，误入藕花深处。

争渡，争渡，惊起一滩鸥鹭。

旷达的词风

少年的英雄

——读苏轼
《念奴娇·赤壁怀古》

念奴娇 赤壁怀古

北宋苏轼

大江东去浪淘尽

千古风流人物

故垒西边人道是

三国周郎赤壁

乱石穿空惊涛拍岸

卷起千堆雪

江山如画

一时多少豪杰

遥想公瑾当年

小乔初嫁了

雄姿英发

羽扇纶巾

谈笑间樯橹灰飞烟灭

故国神游

多情应笑我早生华发

人生如梦

一尊还酹江月

建安三年，二十四岁的周瑜策马回到吴郡。孙策听说后亲自出迎，授他"建威中郎将"，赐兵符和五十匹战骑，赠他鼓吹乐队，还为他修建住宅。赏赐之多之厚，整个吴郡无人能及，吴郡人亲切地称他为"周郎"。

建安四年，皖城战役胜利，周瑜迎娶了吴郡著名的美女小乔。美人伴英雄，风华正当时，引人无限钦慕。

三国是一个人才辈出的时代。其中，一位少年英雄身影，尤其光彩夺目。

历史上的他，并非《三国演义》中描写的那般气度狭小、行事偏激；恰恰相反，在历史典籍中，他是 "英隽异才""雅量高致""文武筹略，万人之英"的一代名将。

八百多年后，东坡居士立于滔滔江水前，遥想那场决定天下走向的赤壁之战，用一曲《念奴娇》，毫不吝啬地抒发了对这位少年英雄的仰慕和赞叹。

时光荏苒，又是千年。我们依然能从这首作品中，感受到这位东吴名将"羽扇纶巾"的模样。

回到那时

01

掐指算来，我被贬黄州已经两年了，心中十分忧愁，只能借着游山玩水来放松心情。

这天晚上，皓月当空。趁着月色，我乘船来到了黄州城外的"赤鼻矶"。

眼前这片高耸、陡峭的悬崖因为赤红如丹，而被当地人称为"赤壁"。

我伫立在岸边，看着汹涌的江水搏击江岸，滔滔洪流卷起千万堆澎湃的浪花。这雄奇之景令人浮想联翩，恍惚间，我仿佛回到了古时的赤壁战场，回到了三国——那个豪杰辈出的时代。

建安五年四月初，孙策遇刺，临终前把江东基业托付给了年仅十九岁、尚未成年的二弟孙权。

事发突然，东吴的局势陡然严峻。江东六郡已乱其五，江南本地家族和从江北投奔而来的英豪们纷纷观望、首鼠两端。

孙吴朝堂之上，将士与门客们都没有以君臣之礼对待孙权。"仲谋今日还只是个将军。谁知道未来情势如何呢？"

就在这新旧交替、时局未稳的关键时刻，周瑜从庐陵郡巴丘县出发，风尘仆仆地赶往了江东的政治中心吴郡。

江东人人皆知，周公瑾与孙策是好兄弟，太妃更是让孙权以兄长之礼侍奉周瑜。可没想到，一见到孙权，周瑜便毕恭毕敬地行了臣子对君王的礼节。从这一刻开始，六郡人心浮动的局面逐渐安定下来。

孙策没有看错人。幸好，江东还有周公瑾！

02

建安十三年冬，柴桑县的议事大厅里，孙权面色凝重，文武百官鸦雀无声。

他们面前，是一封只有三十个字的信件："近者奉辞伐罪，旌麾南指，刘琮束手，今治水军八十万众，愿与将军会猎于吴。"

面对气势如豺狼虎豹、挟持天子以征讨四方的曹操，长史张昭等人皆成了主降派。只有鲁肃一言不发，他知道，有一个人可以力挽狂澜。

果然，周瑜再次从番阳赶回，向孙权做了一番细致入理的分析。君臣联手，控制住了局面，周瑜也当即请战——"瑜请得精兵数万人，进住夏口，保为将军破之。"

大军压境，剑拔弩张，大战一触即发。

这一仗，关乎东吴存亡，甚至关乎天下归属。以少胜多的奇迹能发生吗？惴惴不安的将士们看向主将周瑜，却见他拿着羽毛扇子，头戴青丝绶的头巾，神闲气定地站在船头，一副胸有成竹的样子。将士们心里

悬着的石头，倏地落下了一半。

甫一交战，东吴就挫败了曹军锐气。败退江北的数十万大军，与南岸的东吴精兵隔江对峙。时值冬日，江上刮着北风。东吴的将士们迟迟没有收到进攻的号令。周瑜依旧稳稳地站在船头，不疾不徐地挥着扇子，命令只有一个字——"等"。

说时迟，那时快，江面突然窜出数十艘蒙冲斗舰，它们化为"火龙"，直挺挺地朝着对面曹操的水军冲去。将士们这才发现，此时的江面，东南风正急，风助火威，船行如箭，一转眼火势就从江面水军蔓延到了岸上营落。烈焰腾空，曹军陷入一片火海，身后千仞赤壁仿佛变成了烧红的炭火。

奠定三国的一战，周瑜为他的兄弟守住了东吴。那一年，他三十四岁。

03

自古英雄出少年！遥想公瑾当年：二十岁出头，攻横江，克秣陵，进曲阿，入皖城迎娶小乔，美人伴英雄，是何等地年轻潇洒、雄姿英发；三十岁出头，以三万东吴军破曹军二十万众，指挥若定，又是何等地魄力非凡、战功赫赫！

可惜天妒英才！建安十五年，公瑾准备西进三峡攻取益州，却在回江陵的途中，病逝巴丘……

涛涛江水，滚滚向前，发出轰鸣的雷霆之声。古往今来，多少豪杰，就这样被江水、被时间、被历史淘尽了。

英雄已去，唯有滚滚长江东逝水依旧如昨。当下边疆不宁，战事纷乱，如果大宋也有公瑾这样的少年英雄，扭转颓势、重振国威应当指日可待吧！

江风悠悠，吹起了我的衣衫，也吹起了斑白的鬓发。如今我被贬黄州，蹉跎时日，豪杰英魂有知，也会笑话我自作多情、光阴虚掷吧！

罢了！人生几何，何必让忧思缠绕我心，还是放眼大江，举酒赏月吧！

字斟句酌

念奴娇·赤壁怀古

北宋 苏轼

大江东去，浪淘尽，千古风流人物。故垒西边，人道是，三国周郎赤壁。乱石穿空，惊涛拍岸，卷起千堆雪。江山如画，一时多少豪杰。

遥想公瑾当年，小乔初嫁了，雄姿英发。羽扇纶巾，谈笑间，樯橹灰飞烟灭。故国神游，多情应笑我，早生华发。人生如梦，一尊还酹江月。

赤壁

黄州临水处有一座褐红色的岩崖，当地人称之为"赤壁"。但是，此"赤壁"非彼"赤壁"。根据专家考据，赤壁之战的真实发生地并不在黄州，而更有可能是在现在的湖北省赤壁市。

苏轼很可能也知道，此处"赤壁"并非真实的战争发生地，因此写"人道是，三国周郎赤壁"。他的本意并不是明鉴"真假赤壁"，而是借地怀古、一抒胸中块垒——站在这个同样名为"赤壁"的地方，望着眼前红色的山岩，他想到了古时的赤壁战场和战场上的那位英雄，因而创作了这首词。

苏轼非常喜欢赤壁，除了《念奴娇》之外，他还接连创作了《赤壁赋》《后赤壁赋》。

乱石穿空
惊涛拍岸

这首词在历史上有很多不同的版本，在字词上存在差异，比如"乱石穿空"有"乱石崩云"之版，"惊涛拍岸"又有"惊涛裂岸"之说。虽然"乱石崩云"和"惊涛裂岸"更合格律，但"乱石穿空"和"惊涛拍岸"从整体气势和表现意象上来说，表现力更强。

羽扇纶巾

羽扇，指羽毛扇子。纶巾，指古代青丝绶的头巾。这种装扮一般用来形容读书人，《三国演义》中用以形容诸葛亮，但在此处却用以形容将领。

敌人已经逼近，周瑜却依然文士装束、气定神闲。运筹帷幄之中决胜千里之外的形象跃然纸上。

樯橹

"樯"表示挂帆的桅杆，"橹"表示摇船的桨。"樯橹"连用，指代曹操的水军。

此处也有"强虏"之说，表示强大的敌人。而之所以"樯橹"流传更广，可能是因为"樯橹"更有艺术想象力和画面表现力——过去的战船主要依靠风帆和士兵划桨来行动，烧了敌人的桅杆和划船的桨，敌人自然就失败了。

邻 — 家 — 乐 — 府

箜篌（kōng hóu）

中国古代传统弹弦乐器，在古代宫廷雅乐和民间都有广泛的流传。

箜篌繁盛于魏晋南北朝时期，在唐朝达到顶峰，传入日本、朝鲜等邻国。它的音色柔美清澈，有着"清雅缥缈兮凤鸣之音，荡空入云兮金石之声"的独特魅力。

唐代著名诗人李贺在《李凭箜篌引》中，曾这样描写箜篌的声音："昆山玉碎凤凰叫，芙蓉泣露香兰笑。十二门前融冷光，二十三丝动紫皇"。

从十四世纪后期开始，箜篌慢慢不再流行，并逐渐失传。现在，日本奈良东大寺的寺院中，还保存着两架唐代箜篌残品。人们只能从遗存的壁画和浮雕上，遥想古代箜篌精美绝伦的样貌了。

曲有误，周郎顾

箜篌曲让我们联想到周瑜的故事。周瑜精通音律，他和音乐的关系曾在许多诗词歌赋中都有体现，例如唐代李端就写过："欲得周郎顾，时时误拂弦。"

据《三国志·吴志·周瑜传》记载："瑜少精意于音乐，虽三爵之后其有阙误，瑜必知之，知之必顾，故时人谣曰：曲有误，周郎顾。"

旷达的词风　少年的英雄　　　　　　读苏轼《念奴娇·赤壁怀古》

这首满是豪情的《丈夫歌》，出自罗贯中的《三国演义》。

读完苏轼笔下的"三国周郎赤壁"，让我们从这首歌里，一览周瑜在群英会上的旷世风采吧!

《丈夫歌》

〔元末明初〕罗贯中 词

方颂评 曲

1=F 4/4

6 1 1 6 1 3 | 2 2 1 6 - | 6 1 1 6 1 3 |

大丈夫处世兮，立功名。功名既立兮，

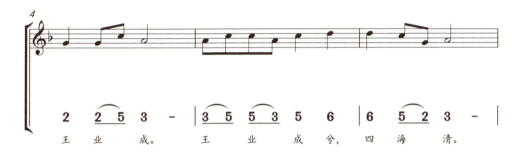

2 2 5 3 - | 3 5 5 3 5 6 | 6 5 2 3 - |

王业成。王业成兮，四海清。

3 5 5 5 3 2 | 2 1 6 5 6 - | 0 0 0 0 | 3 5 5 3 5 6 |

四海清兮，天下太平。天下太平兮，

6 6 1 6 - | 6 1 1 6 1 2 | 2 1 6 5 6 - | 2 1 6 5 6 - |

吾将醉。吾将醉兮，舞霜锋。舞霜锋。

赤壁赋（节选）

北宋 苏轼

苏子曰："客亦知夫水与月乎？逝者如斯，而未尝往也；盈虚者如彼，而卒莫消长也。盖将自其变者而观之，则天地曾不能以一瞬；自其不变者而观之，则物与我皆无尽也，而又何羡乎！且夫天地之间，物各有主，苟非吾之所有，虽一毫而莫取。惟江上之清风，与山间之明月，耳得之而为声，目遇之而成色，取之无禁，用之不竭，是造物者之无尽藏也，而吾与子之所共适。"

从一颗光明的『心』里

找到无所畏惧的自己

读王阳明

《泛海》

泛海

明 王阳明

险夷原不滞胸中

何异浮云过太空

夜静海涛三万里

月明飞锡下天风

正德三年，仲夏深夜的龙岗山中，闷热潮湿的空气令人窒息。

夜空中已经乌云密布，隐隐的风声在积蓄着力量，眼看一场暴雨将至。山中一个天然的石洞里，有一个中年人正在沉思。他表情专注，周身除了呼吸的起伏，再无其他的动作。

突然，一道炫目的闪电划过夜空、刺破黑暗。只见那人猛地睁开双眼，他大汗淋漓，明亮的眼眸尽是大彻大悟后的澄澈与喜悦。迎着暴雨和雷鸣之声，他发出了回响万古的长啸：

"圣人之道，吾性自足。向之求理于事物者误也。至此心外无物，心即理也。"

"龙岗山上一轮月，仰见良知千古光。"王阳明先生龙场悟道的一声长啸，划开了长夜的寂静，照亮了时代的天空。

辞世时，阳明先生留下了一句"此心光明，亦复何言"。阳明先生这颗光明的"心"里，到底蕴藏着怎样的力量？他又是怎么找到这颗"心"的呢？也许在这首写于"龙场悟道"前的诗里，我们可以找到一些答案。

回
到
那
时

01

我叫湛若水。从知道阳明先生去世的那一天起，我便失去了一个知己。

我甚至认为，在明朝，那盏"心"灯已经永远地熄灭了。

次年，我从悲痛中缓过来，开始提笔为先生撰写墓志铭。直到此时，当我细细回忆起与先生交往的点滴，才恍然明白，他早已把一颗光明的种子，种在了我心里。

弘治十八年，我赴京就任翰林院的官职，第一次见到阳明先生。他小我六岁，正在吏部讲学，当时盛行词章记诵之学，先生所讲的身心之学被同僚认为是"立异好名"，我却叹服于他的才学和理念，与他一见如故："若水泛观于四方，未见此人。"先生亦说："守仁从宦三十年，未见此人。"

谁知，在我们结识的第二年，阳明先生就从兵部主事沦为了阶下囚。当时，以宦官刘瑾为首的"八虎"只手遮天，朝臣稍有不同政见便被疯狂打压。就在朝堂一片噤若寒蝉的时候，阳明先生却站了出来，仗义执言。他说，先前人人上书的时候，多我一个不多；现在人人良知泯灭的时候，少我一个便少了。

早知先生忠义正直，但听到这个消息，我还是被他的人格和勇气深深震撼了。转念想到宦官八虎的凶残，我又默默捏了一把汗，不禁为他的命运担忧起来。

果不其然，经历了廷杖四十的身心重创后，先生被投入了锦衣卫的诏狱之中。

诏狱是最黑暗、恐怖的大牢，没有几个人能活着从里面走出来，但先生却硬是凭着一口气挺了过来。后来，阳明先生告诉我，这次的经历，算是他一次真正"见生死"。

02

这次"见生死"固然艰难，但在阳明先生的传奇一生中，实在算不得什么。

从诏狱出来后，刘瑾又把阳明先生贬到贵州龙场驿做驿丞。听到这个消息，我只觉得眼前一黑。当时的西南地区瘴疠横行，毒虫遍地，这等于是给尚未痊愈的他判了死刑。

阳明先生出发后不久，给我送消息的朋友突然慌慌张张地跑来，说不好了，先生被锦衣卫追杀，留下绝命诗，自沉钱塘江了！听说好多人还在江边哭吊了一场。

我一听，只得悄悄抚掌、哈哈大笑，"此乃英雄欺人也"！阳明先生啊，你骗得了别人，可骗不了我！这一定是你的金蝉脱壳之计。

后来的事情，是我多年后与先生重逢时才得知的。

即便长在水边，跳江之举仍是九死一生。在钱塘江的汹涌潮水中，先生又一次经历了生死。所幸，浮沉中遇到了一艘过路的商船。商船本来要去舟山，却被台风刮去了福建。就这样，先生稀里糊涂地走进了武夷山。

经过这一路折腾，先生的身体已经很孱弱了。他好不容易在山中找到一处荒废的破庙，倒头便睡着了，直到第二天醒来，才知道这是个常有老虎吃人的地方，经历了一次真正的"虎口脱险"。

03

劫后余生的阳明先生，在武夷山偶见一位老道士，没想到竟是自己二十年前遇到过的故交。老道士为他卜了一卦，卜得的这一卦，叫做"明夷"。

"明夷"卦，是《周易》六十四卦中第三十六卦，卦辞为"明夷，利艰贞"，意为越是在艰难困苦中，越能锤炼出伟大的灵魂和包容一切的心灵。

先生看着"明夷"两个字，陷入了沉思。他走出寺庙，伫立山中，望着远方，数年来困扰在他心头的阴霾忽然一扫而空。

这一路走来，数见生死，历经磨难——被宦官迫害，与亲人远离，投江求生，虎口脱险……先生猛然觉悟，我还害怕什么、畏惧什么呢？众生皆见，浮云遮蔽了天空。殊不知，对于天空来说，这些浮云根本就没有遮蔽它。

而人生的困苦和磨难不也如此吗？在一颗光明、强大的心面前，这些经历不过是心外之物，来则来，去则去，心却岿然不动。

想起在海上，风暴过后，月色皎洁，海波万里。先生的思绪驾驭长风，飞身而过。

心中孜孜以求的光明与良知，似乎离他越来越近。此时，先生距离那场石破天惊的龙场悟道，只有一步之遥了。

泛海

明 王阳明

险夷原不滞胸中，何异浮云过太空。

夜静海涛三万里，月明飞锡下天风。

险夷　险，是指地势险恶、复杂、不易通过；夷，是指地势平坦，也意指平安。险夷，既指道路的崎岖和平坦，也意指经历的艰难或顺利。

何异　用反问的语气表示与某物某事没有两样。
"岁暮等沦落，何异蒿与蓬？"（刘基《旅兴》）

太空 极高的天空。

飞锡
"锡"，为佛教僧人云游四方时所持的锡杖。
此处使用了一个典故：相传唐代元和年间，有一位高僧，名为隐峰禅师。他每年都要南来北往，冬居衡岳一带，夏至五台山中。有一年，在经过淮西的时候，遇到官军与叛军正在厮杀，血流漂杵、白骨盈野。隐峰禅师为了解救这场灾难，就在两军阵前把他的锡杖往天空一扔，然后飞身跃上锡杖。两军将士仰头看到这番场景，震惊不已，竟然停止了争斗。

天风 风行天空，此处有天地之正气之意。

篪（chí）

一种古老的横吹竹制吹管乐器，我国古代雅乐主要乐器之一，音色浑厚、文雅而庄重。

篪形似于笛，与笛不同的是，篪的两端都是封闭的。宋代陈旸《乐书》记载："篪之为器，有底之笛也。"从形制来看，篪是一种非常遵守规则的乐器；从奏法上来看，篪的吹奏难度较大，需要演奏者端端正正地去吹奏。

悠悠数千年中华传承，王阳明是继孔子之后第二位做到"立德""立功""立言"这"三不朽"的人物。论立德，他创办书院、教化世人；论立功，他荡清匪患、平定内乱；论立言，他创立心学、传之千古。

在这首乐曲中，我们用篪来致敬这位"五百年来一完人"，致敬他的不偏不倚、端端正正，致敬他不朽的功业和烛照千古的思想光芒。

从一颗光明的"心"里 找到无所畏惧的自己 　　读王阳明《泛海》

《泛海》

〔明〕王阳明 词

方颂评 曲

慢速

1=G 4/4

1 2 2 1 2 5 3 3 - | 2 3 3 2 1 6 1 - |
险 夷 原 不 滞 胸 中， 何 异 浮 云 过 太 空？

1 2 2 1 2 5 3 3 - | 2 3 2 3 5 6 1 1 - |
夜 静 海 涛 三 万 里， 月 明 飞 锡 下 天 风。

1 2 2 1 2 5 3 3 - | 2 3 3 2 1 6 1 - |
险 夷 原 不 滞 胸 中， 何 异 浮 云 过 太 空？

1 2 2 1 2 5 3 3 - | 2 3 2 3 5 6 1 1 - |
夜 静 海 涛 三 万 里， 月 明 飞 锡 下 天 风。

《孟子·心章句上》（节选）

战国　孟轲

孟子曰："人之所不学而能者，其良能也；所不虑而知者，其良知也。孩提之童，无不知爱其亲者；及其长也，无不知敬其兄也。亲亲，仁也；敬长，义也。无他，达之天下也。"

守护心中的桃花源

——读陶渊明《饮酒·其五》

饮酒 其五

东晋 陶渊明

结庐在人境而无车马喧

问君何能尔心远地自偏

采菊东篱下悠然见南山

山气日夕佳飞鸟相与还

此中有真意欲辨已忘言

残败颓圮的院落中，寒风呼呼地灌进简陋的居室，盛饭的篮子和饮水的水瓢空空如也。一位老人躺在床上，他穿了一身粗布短衣；因为饥饿和生病，他的脸颊深深地凹陷了下去。

江州刺史檀道济垂手站在床边，深深地叹了一口气："我听说贤人处世，如果天下无道、不能施展才华，就归隐山林；如果天下有道，就去做官实现自己的抱负。如今你生活在一个文明、有道的社会，何至于让自己这样穷困潦倒呢？"

老人倔强地扭过了头："我陶潜哪敢奢望做什么贤人呐，我没有那么高的志向。"

檀道济明白老人心意已决、不肯出仕，无奈地摇了摇头，留下粮食和酒肉便准备起身离开。谁知，老人摆了摆手，竟然连吃的也不肯收下。

"桃花源"，是人们向往的精神乐土与理想家园的代称。古往今来，描绘过"桃花源"的人很多，但公认建造了自己的"桃花源"，并且躬耕生活、坚守其中的，大概只有"古今隐逸诗人之宗"陶渊明了。

陶渊明身为名士、富有才学，却为了守护精神上的净土，选择了一条艰难的道路，付出了劳苦、饥寒的代价，并且坚守一生，至死不渝。写《饮酒》时，他已经归隐田园十二年了。从这些诗里，我们能读出他的情与志，他的理想与坚持。

回到那时

01

"咚——咚——"

清晨，天刚蒙蒙亮，就传来了叩门声。

我急忙起身，连衣服也顾不上穿好，就赶去开门。

门口站着一位农夫打扮的人，冲我扬了扬手中的酒壶。归隐这么久了，不时还是会有这样的"不速之客"到来，说是分享美酒，其实是来劝我出去做官的。

不过，我并不讨厌他的装束和酒壶，于是让他进来坐坐。他放下酒壶，环顾四周，又意味深长地打量了我几眼，才开口说道："先生，您身上的粗布衣裳都旧了，这茅屋也实在简陋不堪，配不上您这样的名士啊！"他叹了一口气，接着说："五柳先生，何必这样委屈自己呢？"大家都觉得，这么差的物质条件是委屈了我。殊不知，做官的日子才是真真正正地"委屈"了我。

他当然看出了我眼中的厌恶。"其实，大家也都是随波逐流。您是当世最被看重的名士，倘若放下些身段，在这乱世里得些官职和好处，总归还是能过得不错的。"

来者说得很真诚。放在从前，我可能真的要挣扎一番。但现在，我归隐已久，经历的也太多，早已从内心深处笃定了这条道路。无论时局如何纷乱，坚守住这片"桃花源"就是我生命的意义。曾经惊惶的失群之鸟，如今找到安然栖身的那个枝头，便再也不会回去了。

"咱们喝了这壶酒，你就回去复命吧。做官的事儿，就莫要再提了！"

02

二十九岁时，我第一次出仕，上司是大名鼎鼎的书法家王羲之的二儿子——王凝之。可惜这位王大人迷恋五斗米教，名门望族也不过如此！我满心失望，也受不了那些官场的营生，没过几天就解职而归了。

第二次出仕，是在江州刺史桓玄的门下做属吏。隆安五年，母亲去世，我辞官守丧。没过多久，竟传来桓玄起兵造反的消息。

第三次出仕，我来到了讨伐桓玄的镇军将军刘裕门下，不久后再次辞官。后来，刘裕也背离了东晋朝廷……我无法左右黑暗的官场、纷乱的时局，亦不想被裹挟其中。在仕与隐、进与退的彷徨中，不知不觉过了"四十不惑"的年纪。

我和朋友说，想做个县令，存一点儿钱作为以后隐居的费用——这次求仕，不为别的，只为生计。

在叔父的介绍下，我来到离家不远的彭泽县担任县令。上任两个多月后的一天，上级浔阳郡要派一个督邮来县里检查公务，身旁的人好意提醒我："大人，按规矩，您换上官服，恭恭敬敬地去见他比较好……"

之前也有所耳闻，但真到要见这位卑权重的督邮时，我还是感到气不打一处来。思来想去，怎能为了吃口饭就委屈自己，对这样的乡里小人毕恭毕敬？这官，不当了！

短短八十一天的出仕，就这样结束了。

至此，我已彻底明白，让我在官场浮沉，实在是比挨饿还要痛苦。唯有归隐，才能找回我原本的快乐。

03

后来，我就彻底隐居了。

我在一个村子里盖了房、安了家，与农夫野老结邻，门前再也没有车马喧嚣。农忙之余，我喜欢东家走走、西家串串，和乡邻们讨论今年桑麻的生长、果木的优劣，"今年天儿这么冷，不会提前下霜吧？那咱们忙活半年的收成可就不乐观喽。"

朋友们好奇地问我："既然归隐了，怎么不选个更僻静的地方？人烟嘈杂，何以明淡泊之志呢？"

我笑而不语。其实，这颗心高远了、超然了，哪里不是僻静的地方呢？

时值秋日，向阳的篱笆下，菊花已经盛放。一团团、一簇簇，充满了美好的生命力。

不如采些菊花，放在家中吧？我信步走去，在菊花田里躬身采摘起来。夕阳映照下，金黄的花瓣显得格外娇嫩、美丽。

采到篱笆的尽头，我直起身、抬起头来。悠然间，远处的南山映入眼帘。山间袅袅的雾气若有若无，似真似幻，在夕阳下变换着迷人的光彩，鸟儿成群结队地飞回山林。

日暮黄昏的时候，连倦鸟都知道归林，寻找一棵树木作为托身之所，人又何尝不是呢？汲汲于世，只有找到精神上的归所，才算活过了。

此刻，我感受着自然的气息，感受着身为大千世界一份子的快乐。沉浸在万物流动的能量中，我似乎参透了一些生命的意义，而想要抓住它、描述它时，才发现语言是如此苍白无力。

此中真意，吾心自得。

饮酒·其五

东晋 陶渊明

结庐在人境，而无车马喧。

问君何能尔？心远地自偏。

采菊东篱下，悠然 见南山。

山气日夕佳，飞鸟相与还。

此中有真意，欲辨已忘言。

结庐　结，意为建造、构筑。庐，即为简陋的房屋。结庐，就是建造简陋的房屋。

心远　意为心中有高远的追求。如果能做到物我两忘，在精神上摆脱世俗环境的干扰，那么即便身处市井，也能获得内心的宁静和自由。远离了权力与名利，自然拥有了悠远的心境。

悠然

淡泊闲适的样子。写这句话的诗人是悠然的，诗人看到的南山也是悠然的，人与自然在这一刻彼此共鸣，诗人更加闲逸，南山更加高远。

见

在宋代，这个字引发过非常有名的"望""见"之争：有人说是"望南山"，有人说是"见南山"。苏轼认为，这首诗中陶渊明已经融入自然，"见"更能体现出一种不经意的、无心的感觉。"无心"是很宝贵的，它代表着一种追随本心、率性生活的状态。

中阮（ruǎn）

阮是一种古老的弹拨乐器，最初称"汉琵琶"，亦称"月琴"。《宋书·乐志》引傅玄《琵琶赋序》："汉遣乌孙公主嫁昆弥，念其行道思慕，故使工人裁筝、筑，为马上之乐。欲从方俗语，故名曰琵琶。"

现在使用的改良阮分为五种：低音阮、大阮、中阮、小阮、高音阮。中阮为中音乐器，音色恬静、柔和、富有诗意。

中阮与魏晋名士

在中国传统乐器中,阮是为数不多以人名来命名的乐器——西晋阮咸善弹此乐器,故阮也称"阮咸"。

作为乐器的阮,兴盛于魏晋南北朝。这个时期也是古诗开始向近体诗萌芽、流变的重要时期,以建安风骨、竹林七贤为代表的魏晋名士在文学史上留下了浓墨重彩的一笔。而陶渊明,正是这一时期文人名士的典型代表和士大夫精神的集中体现。

在这首乐曲中,我们用阮来代表陶渊明身处的时代,并试图透过这一个点,映射出魏晋时期文人名士的精神群像。

《饮酒·其五》

〔东晋〕陶渊明 词

赵景旭 曲

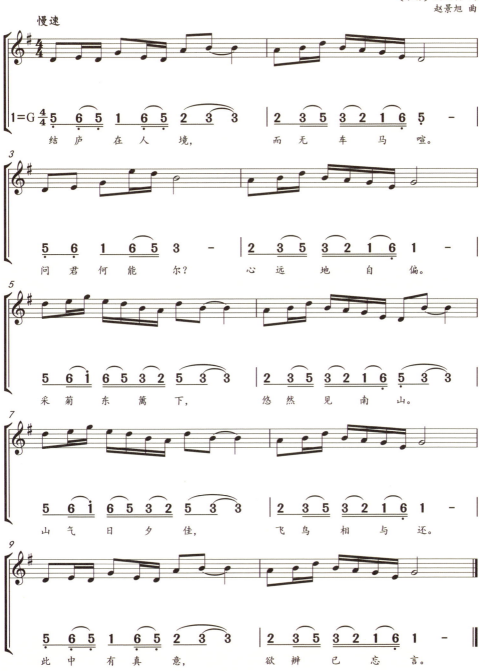

桃花源记

东晋 陶渊明

晋太元中，武陵人捕鱼为业。缘溪行，忘路之远近。忽逢桃花林，夹岸数百步，中无杂树，芳草鲜美，落英缤纷。渔人甚异之，复前行，欲穷其林。

林尽水源，便得一山，山有小口，仿佛若有光。便舍船，从口入。初极狭，才通人。复行数十步，豁然开朗。土地平旷，屋舍俨然，有良田、美池、桑竹之属。阡陌交通，鸡犬相闻。其中往来种作，男女衣着，悉如外人。黄发垂髫，并怡然自乐。

见渔人，乃大惊，问所从来。具答之。便要还家，设酒杀鸡作食。村中闻有此人，咸来问讯。自云先世避秦时乱，率妻子邑人来此绝境，不复出焉，遂与外人间隔。问今是何世，乃不知有汉，无论魏晋。此人一一为具言所闻，皆叹惋。余人各复延至其家，皆出酒食。停数日，辞去。此中人语云："不足为外人道也。"

既出，得其船，便扶向路，处处志之。及郡下，诣太守，说如此。太守即遣人随其往，寻向所志，遂迷，不复得路。

南阳刘子骥，高尚士也，闻之，欣然规往。未果，寻病终。后遂无问津者。

纷乱的寒雨

温暖的酒家

——读杜牧

《清明》

清明

唐 杜牧

清明时节雨纷纷

路上行人欲断魂

借问酒家何处有

牧童遥指杏花村

对中国人来说，过清明一直是件大事，因为清明和春节、端午、中秋合在一起，是我们的"四大传统节日"。但清明又很特别，因为包含了两种截然不同的情绪——既有前半程扫墓祭祖的肃穆与哀思，又饱含了在春天亲近自然、踏青相聚的欢乐。

清明的前一天，就是寒食，这一天人们不生火、吃冷食，待到第二天的清明再重新烧火，以此祭祀新火、代表新生，故名"改火"。苏东坡有词曰："寒食后，酒醒却咨嗟，休对故人思故国，且将新火试新茶。诗酒趁年华。" 据说在唐代的时候，清明会放四天假，到了唐肃宗时期，更是将"寒食"与"清明"合并放假七天。

《清明》这首诗，有两大谜团：

第一，作者是谁？历代文学评论家都觉得这首诗与杜牧"豪而艳，宕而丽"的风格不符，反倒更像同时期诗人许浑的风格；此外，也有本诗为宋人所作的说法。

第二，杏花村在哪里？安徽池州、湖北麻城等全国二十多个地方都有杏花村。

谜团重重，却不妨碍我们品读这首诗。清明是我们的节气，也是我们的节日。从前两句的凄风苦雨和哀哀戚戚，到后两句远处酒家所代表的温暖和希望——读懂了这样的转变，也就明白了清明的真谛。

回到那时

01

丝雨绵绵，艾草拔节生长，染绿了山野。

快到清明了，又是一年吃青团的时候。

"娘亲，这是什么？好香呀！"一句奶声奶气的童音飘进了耳朵。

我停下匆匆赶路的脚步，顺着声音，从路旁一户人家的窗口望进去，只见灶上的蒸笼正腾腾地冒着热气，一个五六岁的孩子踮着脚尖，努力地凑近灶台，嘴里还忍不住地吧唧着。

"小馋鬼，这是青团。"

我忽然想起小时候，我们家里的几个孩子也是这样围着灶台，看母亲做青团的。每年寒食前，母亲都会带着我们上山采艾草。回来后，就用石杵把沾着露水的艾草捣碎，把翠绿鲜艳的汁液和糯米粉混合起来，捏成圆圆的团子，再包入各种炒制和成的馅儿，放进蒸笼蒸制。我们几个孩子，就这样围着灶台，眼巴巴地盯着蒸笼，一步也舍不得离开。出锅的青团，油亮亮的，香气扑鼻，却不能当时就吃掉。大多数得留着，过上几天，祭祀完了才能吃上。于是孩提的记忆里，清明是绿色的——郊外青青的草，还有手里香喷喷的青团。

02

一连赶了几天的路，脚步变得有些沉重了。

江南的小雨，淅淅沥沥地下个不停。我戴着斗笠，深一脚浅一脚地踩在泥泞小道上，雨点把路旁的柳枝打得窸窸作响。

下着雨，路上行人却不少。他们拖家带口，提着酒食果品，行色匆匆地赶往各自的方向。

也许是冒雨前行的狼狈，也许是思念亲人的悲伤——他们与我擦肩而过的时候，我总能从一双双陌生的眼睛里看到自己的失魂落魄。

往年清明这一天，我都和家人在一起，去郊外的墓地祭祀祖先，怀念逝去的亲人。今年却辗转于旅途中，在这淅淅沥沥的细雨中狼狈赶路。

抬起头，天空依旧阴沉沉的。雨还在下，衣服湿漉漉地黏在身上，我不禁打了个寒颤，肚子也不争气地咕噜了几声。

03

不知又走了多远，脚下的土地，已经没有那么湿滑了。从斗笠下面探出手，雨果然变小了一些。

突然想起，清明本就是爱下雨的。小时候，父亲总会为我们母子俩撑伞，而我则躲在母亲怀里，一只手把新买的小风筝护在胸前，另一只手捧着青团小口小口吃个不停。想到这里，天色似乎比之前更亮了。

虽然错过了祭祀，但在这细雨纷纷的春光里走一走，也是很好的。若能碰见个酒肆，歇歇脚，就更好了！

这附近，会有酒肆吗？

就在这时，风中传来了阵阵笛声。我抬眼望去，一头高大慵懒的水牛正在路边田埂上溜达着，牛背上坐着一个正在优哉游哉吹短笛的牧童。

"小兄弟，你可知道，这附近何处有酒家？"

牧童转了转圆溜溜的大眼睛，放下笛子，用手指了指不远处。

"喏，你看不见吗？就在那儿，杏花村！"

顺着牧童所指，我抬眼望去，不远处有一大片红白相间的杏花，花海里隐约可见鳞次栉比的村庄屋顶，似乎有一面酒旗在风里忽隐忽现。

字
斟
句
酌

清明

唐　杜牧

清明时节雨纷纷，路上行人欲断魂。

借问酒家何处有，牧童遥指 杏花村。

纷纷

古人说："昔我往矣，杨柳依依。今我来思，雨雪霏霏"。这"纷纷"，便是音从"霏霏"中来。

"纷纷"一词，在不同语境下能形容出截然不同的意象："大雪纷纷"——是鹅毛大雪，出不了门；而"雨纷纷"——则是雨丝小而细密，不影响出门。同一个词语，却表现了全然相反的意境，这就是汉语的精妙之处。

除了描景之外，"纷纷"也形容了诗人和路上行人心情的"纷纷乱乱"。

纷乱的寒雨　温暖的酒家　　　　　读杜牧《清明》

欲断魂

很形象地描绘出清明时候，阴雨连绵中，路上行人情绪低落、失魂落魄的样子。

遥指

"遥"，字面意思是远，但又并非遥不可及。妙就妙在不远不近，可以望见而又有一段距离。

"指"，行动的回复比话语更加简明有力。这个动作一出，不但丰富了指路的画面，也隐含着牧童答话的声音。

杏花村

"杏花"的意象经常出现在文学作品中，例如：

"杏花吹满头。"——韦庄《思帝乡·春日游》

"杏帘招客饮，在望有山庄。"——林黛玉《杏帘在望》

杏林、杏园、杏坛等地点，都代表了极为美好的意象和价值。例如，孔子坐在杏坛上教学；古代的进士都要游杏园；汉末有个叫作董奉的医家国手，被他医好重病的人种五棵杏树，被他医好轻病的种一棵杏树等……杏花和杏花村带给人们的温暖感受，早已经深深根植在每个中国人的心中。

徽胡

《清明》这首诗歌，让方锦龙老师十分
动情："杏花村到底是中国的哪个地方，
尚无定论。但诗中凄凄切切的缠绵小雨
像极了我故乡的风景。那里有黄梅戏，
也有黄梅雨——试问闲愁都几许？一川
烟草，满城风絮，梅子黄时雨。"

"在这首乐曲中，我想用故乡的乐器——
徽胡，来演绎我记忆中的清明之雨。"

邻 家 诗 话 第 一 季

《清明》

〔唐〕杜 牧 词

方颂评 曲

寒食

唐 韩翃

春城无处不飞花，寒食东风御柳斜。

日暮汉宫传蜡烛，轻烟散入五侯家。

望江南·超然台作

北宋 苏轼

春未老，风细柳斜斜。试上超然台上看，半壕春水一城花。烟雨暗千家。

寒食后，酒醒却咨嗟。休对故人思故国，且将新火试新茶。诗酒趁年华。

因为终将失去

更应懂得珍惜

——读纳兰性德

《浣溪沙·谁念西风独自凉》

浣溪沙

清 纳兰性德

谁念西风独自凉

萧萧黄叶闭疏窗

沉思往事立残阳

被酒莫惊春睡重

赌书消得泼茶香

当时只道是寻常

康熙十六年秋，府中菊花盛开，又是一年的重阳了。

夜凉如水的夜里，一位二十三岁的贵公子从睡梦中惊醒。

"是你吗？你回来了？"只见他眼神迷离，嘴角带笑，口中喃喃自语，"你还是和从前一样，一点儿都没变，淡妆素服都那么美。"

"可是，我们的话还没说够啊，怎么就要走了？"想起梦中执手哽咽的场景，他努力地回忆着聊天的内容，却怎么也想不起来了。只记得临别的时刻，素不工诗的她喃喃吟出一句："衔恨愿为天上月，年年犹得向郎圆。"

窗外的月色如霜如雪，洒满整个庭院。

一年前，这位贵公子的妻子产后染了风寒，缠绵病榻一年多后，还是去了。他们是人人称羡的"一生一代一双人"，而妻子的早逝，成为他一生再也无法忘却的痛。

无论生在什么样的世家，拥有如何的才华，我们生而为人，终究都是脆弱的生命。每个人的一生，都是不断经历失去的过程。而正是因为终将失去，我们才更应懂得珍惜。

回到那时

01

康熙十三年的盛夏，窗外风雨如磐，我正在书房读书。

忽然丫鬟跑过来说，少夫人不见了。

我们两人谈不上什么感情，但皇帝赐的婚，终究疏忽不得。家父是当朝重臣、武英殿大学士纳兰明珠，我的妻子卢氏是封疆大吏、两广总督卢兴祖的女儿，我们正应了众人说的门当户对。

我带着仆人在府中找了一大圈，终于有人在后花园的池塘边见到了她。

她正在池塘边撑着两把雨伞，一柄在自己头上，一柄却遮在荷花上面。

"你傻了吗？这么大的雨，竟然待在外面，着凉了怎么办！"

"今年的荷花开得晚，前些天你才说过很喜欢的，我……我是怕这雨太大，把花瓣给打落了。"

那一刻，我的心里再没有了风雨，只有一个明媚如春天的少女，在盛夏的荷塘边对我怯生生地笑着。

02

一个困倦的午后，妻子放下手中的刺绣，如常看了一眼我的书法功课，突然冲我俏皮地眨了眨眼睛："大才子，我问你，这世上最孤独、寂寞、伤心、无奈的，是哪个字？"

一个字哪能概括出这世间种种复杂的感情？凭我饱读诗书、文武兼修的底蕴，我毫不犹豫地回答："没有这个字！"

她突然轻巧地抽走了我手里的描金紫毫笔，一笔一画，在我练字的宣纸上写了一个"若"字。

"若"，就是如果——如果当时……就好了……说起"若"，那便是多少伤心和无奈啊！

我呆了好一会儿。我字"容若"，她是何时想到的呢？这真是妙极了，我输得心服口服。看着妻子的如花笑靥，再看看宣纸上娟秀的"若"字，当真是"林下风致"呀！

03

今日又恍神站在窗前，看着庭院，想起以前的事情。

杏花时节，我们曾在那里比赛谁能摘到更高处的花朵。夏夜，我们喜欢提着灯盏追着萤火虫满院跑。午后，我们谈诗论文，相互考究典籍，争着饮一杯茶喝，是何等快乐！

"窸窸——窣窣——"萧瑟的落叶声拉回了我的思绪，记忆中的笑脸慢慢远去。院里的银杏树都黄了，叶子在风中打着卷儿飘落。天气越发凉了，刚才在窗边发了好一会儿呆，回过神来才打了个寒颤。

恍然想起，那个天凉时节为我披上衣衫的人，已经不在了。

我曾以为，我们可以相伴的余生很长。直到失去了才明白，每一个当时看起来寻常的时刻，都是回忆里闪闪发光的日子。似水流年，只可追忆，不能再得。

我想要默默掩上窗，却无法把满院的秋凉也关在屋外。夕阳拖着一丝残光，地面上徒留了我一人的影子。

浣溪沙

清 纳兰性德

谁念西风独自凉？萧萧黄叶闭疏窗。沉思往事立残阳。

被酒莫惊春睡重，赌书消得泼茶香。当时只道是寻常。

在我国的很多地方，春天刮东风，夏天刮南风，秋天刮西风，冬天刮北风，所以诗词里常见用风向指代季节的情况。

西风

"东风杨柳欲青青。烟淡雨初晴。"（晏殊《诉衷情·东风杨柳欲青青》）

"五月南风兴，思君下巴陵。"（李白《长干行二首 其二》

"帘卷西风，人比黄花瘦。"（李清照《醉花阴·薄雾浓云愁永昼》）

"木落山高一夜霜，北风驱雁又离行。"（辛弃疾《鹧鸪天·木落山高一夜霜》）

| 凉 | 秋天到了，天气凉了，"西风"与"凉"情绪相通。西风吹来，触景伤情的诗人心也越发悲凉。这种"凉"既是身体上的感受，也是心理上的感受。 |

| 闭 | 关的是窗户，也是诗人的心窗。在现实中失去爱人的他，只想一个人孤独地沉浸在回忆里，不希望被秋风、黄叶等搅扰。 |

| 立 | 一个简单的动词，却有十足的画面感。我们仿佛可以看到感伤的纳兰性德站在那里，孤独地看着黄叶慢慢飘落。虽然只看到一个背影，孤独与悲怆却透纸而出。 |

| 残阳 | 落日的余辉，把诗人身后拉出长长的影子。残缺的夕阳照映着诗人残缺的心。 |

| 被酒 | 在《论衡》和《后汉书》中均有描述，意思是为酒所醉，可以理解为喝醉了、甚至喝到断片儿了。纳兰性德与妻子痛快畅饮，喝到第二天白天赖床，旁人也不敢惊扰，表明两人是多么意趣相投。 |

| 赌书泼茶 | 这里引用了南宋女词人李清照和丈夫赵明诚的典故。这对才华横溢的夫妻发明过一个"学霸之间的游戏"：在烹茶时，一人说典故，另一人答出典故出自哪本书第几卷第几页第几行，答对的人可以先喝茶，此为"赌书"，比的就是谁读的书更多、谁的记性更好。但游戏过程中，常常因为气氛过于欢乐，或"赛况"过于激烈，手里的茶水没喝上几口，却泼了彼此一身，此为"泼茶"。
这个游戏需要夫妻双方都博览群书、博闻强记，而这是很难达到的。纳兰性德的一生中，很可能只与卢氏拥有过这样的时刻。据说，钱钟书与杨绛两位先生，也曾有过类似的"读书比赛"。 |

箫

现在又称洞箫，一般由竹子制成，是古老的吹管气鸣乐器。唐代以前，"箫"一般指排箫，由一组长短不一的竹管排列而成，形似凤翼，相传为舜所造。排箫同编钟、编磬一样，都是我国古代重要的乐器，在南北朝、隋、唐等各代的宫廷雅乐中扮演着重要的角色。

箫与君子

在中国传统文化中，竹代表着刚正、有节、谦虚等很多美好的品质，是君子之风的象征。

由竹制成的箫，声音幽远，气韵浑厚，如空谷幽兰，是古代很多文人君子钟爱的乐器，也十分契合纳兰性德的身份和气质。

纳兰性德是怎样的人呢？

——是王国维先生口中的"北宋以来，一人而已"；

——是很多人眼中，清之一朝、乃至于五百年来完美贵公子形象的首选。

他不仅出身显赫，而且文能吟诗作赋、武能上马骑射。更难得的是，这个文武双全的贵公子，偏偏还有一颗极"真"的灵魂。

他咏雪："别有根芽，不是人间富贵花。"生得高贵，却不爱富贵。

他写情："我是人间惆怅客，知君何事泪纵横。"何人读之，都会感动。

让我们从幽幽箫声里，再认识一次纳兰性德吧！

吹箫引凤

箫，承载了一个古老而美丽的爱情故事。据《东周列国志》记载，相传春秋时，秦穆公有位擅长吹笙的女儿，小名弄玉。某日弄玉在凤楼上吹笙时，远处传来美妙的箫声与之相和，音如游丝，绵延不绝。弄玉听之，茶饭不思。后来，秦穆公终于找到了这个吹箫的少年——萧史，成就了一段美满姻缘。从此，两人在凤楼日日合奏、笙箫齐鸣。一天夜里，两人的妙乐引来了龙凤。于是，弄玉乘紫凤，萧史乘赤龙，双双乘云而去、同往仙界。

在这首歌曲中，我们借用箫与爱情相关的意象，来讲述纳兰性德和妻子卢氏这对才子佳人的故事。

《浣溪沙·谁念西风独自凉》

〔清〕纳兰性德 词
方颂评 曲

谁念西风独自凉，萧萧黄叶闭 疏窗。

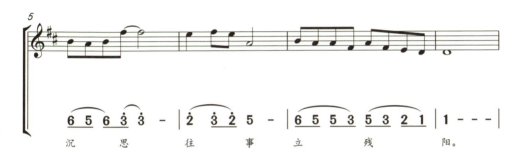

沉思往事立残阳。

被酒莫惊春睡重，赌书消得泼茶香。

当时只道是寻常。

木兰花 · 拟古决绝词柬友

清　纳兰性德

人生若只如初见，何事秋风悲画扇。

等闲变却故人心，却道故人心易变。

骊山语罢清宵半，泪雨霖铃终不怨。

何如薄幸锦衣郎，比翼连枝当日愿。